大雪将至

［奥地利］罗伯特·泽塔勒 著

刘秋叶 译

Ein ganzes Leben

南海出版公司

各界好评：

本书如同一场美好的思索，思索着远离尘嚣的山谷中一段孤独的生命，以及现代世界如何缓缓地到来。

——伊恩·麦克尤恩（英国著名作家）

这一年我最心爱的读物就是罗伯特·泽塔勒的《大雪将至》……从第一页起你就知道它将重新安排你的精神世界。这是一个令人惊叹、令人心碎的故事，它封装了一个变化、失去和恢复的世界。

——阿努拉哈·罗伊（印度知名小说家）

我阅读，我惊叹，我享受着每一个句子。罗伯特·泽塔勒轻盈而丰满地描写了一个小人物的大感情。

——沃夫尔冈·赫尔勒斯（德国知名作家、记者）

一本非常诗意的书，既粗暴又温柔，充满尊严并让人将目光投向小人物。在读了刚开始的那几页后，会舍不得将它放到一边，这证明文学并非依赖引起轰动的题材。

——《时代周刊》

泽塔勒告诉我们，即使是最普通的人，生活也是一场非凡的冒险。

——《周日邮报》

泽塔勒以一个温柔而感人的视角来观察人类的适应能力，这个故事提醒我们，快乐可以在日常生活和简单的事情中找到。

——《书单》

读者们会发现，泽塔勒从容地展现出一种敏锐的洞察力和观察力。

——《出版人周刊》

每个举措、每个文字、每个句子——无一不让人细细凝听。这是一首细致、优雅、完整的生命之歌。整个人沉静下来、不能自已，当故事中的悲伤突然止息，却又带来撕心裂肺的大笑和巨大的惊愕。

——《世界报》

罗伯特·泽塔勒在几个独树一帜的场景中，勾画了超过七十载的永恒生命，像一杯苦甜交织的日落鸡尾酒。

——《明镜周刊》

泽塔勒创作出了一部优雅而美丽的作品。

——《华尔街日报》

这本书以一种美丽的语言，安静地、聚精会神地、不带激情地叙述一个人所能够承受的事。这是一位多么令人赞赏的作者，以一本令人无法忘怀的书如此深刻地感动人心。

——《法兰克福报》

罗伯特·泽塔勒以一种不可思议的轻松且灵活优雅的语言，叙述了一颗简朴心灵的故事。

——德国文化广播电台

用令人回味无穷的叙述形式来书写另一个时空的故事。这本书的力量如此伟大、沉静。泽塔勒没有勾勒出一个偏僻的地理区域，而是勾勒出灵魂的境域，我们无一不承载这样的灵魂，我们对所有都如此熟悉。

——德意志电台

字里行间散发着特殊的力量。没有怨恨、没有怒火，人生是如此艰困，却依然扎根深厚。

——北德广播电台文化频道

这本书从第一句就紧紧抓住了我，罗伯特·泽塔勒完全没有冗言赘字，他总能不断找出美好、充满诗意的措辞。这是一本会呼吸的书，在阅读时大脑和心脏都得到足够的新鲜空气。

——西德广播公司

第一章

他的右腿好像比身体的其他部分都慢半拍，好像它在每走一步前，都需要一些时间思考，这步是不是值得它付出这么多的努力。

一九三三年二月的一个早上，安德里亚斯·艾格尔从潮湿发酸的草袋上抱起濒死的牧羊人约翰内斯·卡里史卡。山谷里的村民都叫他“羊角汉斯”。艾格尔背着羊角汉斯，走下厚雪覆着的三公里山路，去往山底村庄。

出于一种奇怪的预感，艾格尔寻到了羊角汉斯的小屋，并在早已熄灭的炉后、小山似的旧羊皮堆下，找到了蜷缩成一团的他。瘦得只剩一把骨头、脸苍白得像鬼的羊角汉斯在黑暗中怔怔地看向艾格尔。

艾格尔明白，死神已经蹲在他脑后等着了。

艾格尔像抱孩子一样把他托在两只胳膊上，小心翼翼地把他放到铺着干苔藓的木头背椅上，让他坐好。在这把背椅下，羊角汉斯弯腰弓身背了一辈子木柴和受伤的山羊上山下坡。艾格尔用一条平时系牲口的绳子把羊角汉斯的身体缠起来，捆在背椅上。他把绳结抽得那么紧，木头都发出了“嘎嘎”的声音。他问羊角汉斯疼不疼，羊角汉斯摇摇头，咧嘴笑了笑。不过艾格尔知道，他在撒谎。

那一年的前几个星期异常温暖，山谷里的雪很快开始融化。在村子里，一直能听到滴答的融雪滴落声和潺潺流水声。可是从几天前起，天气又变得冰冷了，浓密的大雪一刻不停地从天空落下来，好像要用它无所不在的柔软，把整个山谷都吞噬掉，把所有的生命和一切声响都闷死。

路上的最初几百米，艾格尔没有和他背上瑟瑟发抖的羊角汉斯说话，光是注意看路就已经够他忙的了。陡峭曲折的山路在他面前蜿蜒而下，在漫漫大雪中，他只能猜测路到底在哪儿。他时不时能感到羊角汉斯轻微的活动。

“你可不能现在就死啊！”他大声地说，并不指望得到回答。然而，在他走了快半小时后，耳朵里只听到自己的气喘吁吁声，身后忽然传来了回应：“死也不是最糟的。”

“但你不能死在我的背上！”艾格尔说着，停下来把肩膀上的皮带整理好。有一瞬间，他仔细地听着悄然飘落的大雪，只有纯粹的寂静。这是大山的沉默，是他如此熟悉、却依然让他心存畏惧的大山的沉默。

“你不能死在我背上！”他重复道，又继续前行。

每一次拐弯后，雪好像都下得更加浓密了，持续不停地，柔软地，无声无息地。羊角汉斯在他背后动得更少了，甚至到最后完全不动了，艾格尔心里已经做好了最坏的打算。

“你已经死了吗？”他问道。

“没有，你这个死瘸子！”背后传来的声音清晰到让人惊讶。

“我只是想说，你肯定还能撑到村子里，然后你要做什么就随你便了。”

“如果我就是不想撑到村子里呢？”

“你必须！”艾格尔说。他感觉现在他们已经说够了，接下来的半个小时，他们只是默默赶路。

在离村子直线距离三百米、与秃鹰崖齐高的地方，终于开始有几棵山松树，像驼背的小矮人蜷缩在大雪里。在那儿，艾格尔从路上偏离了，绊了一跤，一屁股坐下去，沿着山坡向下滑了二十米，直到被一块一人高的大漂砾[1]拦住才停下来。在山崖的庇护下，这里没有一丝风，雪好像也下得更慢、更安静一些了。

艾格尔坐在雪地上，轻轻地靠着背椅。他感到左腿膝盖上一阵刺痛，不过还好，可以忍受，而且这条腿没有受伤。羊角汉斯好一会儿没有动弹，然后他忽然开始咳嗽，并最终开口说话，只是他的声音沙哑，而且微弱到艾格尔几乎听不清："你想躺在哪里，安德里亚斯·艾格尔？"

"什么？"

"你死了以后想被埋在哪块土地上？"

"我不知道。"艾格尔说。他还从来没想过这个问题，而且在他看来，也不值得为这种事情浪费时间和思考。"土地就是土地，不管埋在哪儿，都一样。"

"也许埋在哪儿都一样，跟其他所有的事情一样，到头来都没什么差别，都一样。"他听羊角汉斯低声嘀咕道，"但是会有一种寒冷，冷到可以侵蚀骨头，还有

1　德语 Findlling，漂砾，是和周边石料相比形状和材质截然不同的天然石块，小则数厘米，大则可达数米甚至数十米，是随冰川活动被从远处"搬运"而来。

灵魂。”

“还有灵魂？”艾格尔问道，忽然感到背上一阵寒战。

“尤其是灵魂！”羊角汉斯说着，把头尽可能远地向背椅边缘外伸去，盯着他面前由雾气和飘雪构成的无形的墙，“灵魂、骨头、精神，还有一切，所有人们一生仰赖和相信的一切。那永恒的寒冷会侵蚀掉人们拥有的一切。书上就是这么写的，因为我是这样听说的。人们说，死亡孕育着新生命。但是人比最笨的山羊还笨。我说，死亡没有孕育任何东西！死亡就是那个寒冷的女人！”

“那个……什么？”

“寒冷的女人”，羊角汉斯重复道，“她翻过大山，穿过河谷；她想来就来，需要什么就拿走什么；她没有脸也没有声音。那个‘寒冷的女人’来到一个地方，拿了她想要的东西就走，就是这样的。她路过的时候就抓住你，把你带走，把你随便扔到一个洞里。在人们最终把你埋起来之前，你看到的最后一块天空里，她会再一次出现，对你吹一口气。这之后，还剩给你的一切就只是黑暗了，还有寒冷。”

艾格尔抬头看向飘着雪的天空，有一刻他感到很害怕，害怕天空里会冒出个什么，对着他的脸吹一口气。“天啊！”他从牙缝里挤出来这句话，“那可太糟了。”

“是的，很糟糕。”羊角汉斯说，他的声音因为恐惧听起来有些沙哑。之后两个男人都不再动了。寂静的上空，只听到风的轻声吟唱，它掠过山脊岩峰，把细细的雪粉吹散，飘扬起来。

忽然，艾格尔感觉到一阵动弹，下一秒他就向后倒下去，仰躺到了雪里。羊角汉斯不知道怎么把绳结打开了，闪电般地从背椅里爬了出来。现在他站在那儿，在他的破衣烂衫中看起来干瘪瘦弱，在风中微微摇晃着。艾格尔又开始打寒战了。“现在你马上给我回到椅子上来！”他喊道，“不然你就病得更厉害了！”

羊角汉斯一动不动地站在那儿，头向前伸着。有一刻，他看上去好像在努力倾听艾格尔被风雪淹没的话。然后他转过身，大步向山上跑去。

艾格尔挣扎着站起来，又滑倒了，骂骂咧咧地躺倒在地上。他用双手支撑着身体再次从地上站起来，向以惊人的速度跳着跑走的牧羊人大声喊道：“回来！”但是羊角汉斯已经听不到他的喊声了。

艾格尔把肩上的皮带捋下来，把背椅扔到地上，跑去追他。但是没跑几米，他就不得不气喘吁吁地停下来。这块地方的山坡太陡峭了，每走一步，他整条腿都会陷进雪里，直到腰部。那个瘦弱的身影在他眼前快速变小，最终彻底消失在漫天风雪、难以穿透的苍茫白色里。

艾格尔把手合成喇叭状围在嘴边，用尽全身力气喊："停住，你个大笨蛋！没有人能逃过死亡！"

可这一切都是徒劳的，羊角汉斯已经不见了。

安德里亚斯·艾格尔走下最后几百米山路，回到村子里。他想去金岩羚羊客栈，点一碗油煎馅饼和一份自制植物烧酒，来抚慰他深深受到惊吓的灵魂。

他在紧挨着古老的瓷砖炉子旁的座位坐下，把手放到桌子上，感受着温暖的血液慢慢流回手指。炉子的小门开着，里面的火苗噼里啪啦响着。有那么短短的一刻，他觉得好像在火苗里看到了羊角汉斯的脸，一动不动地从里面盯着他。他赶紧关上炉子的小门，闭上眼睛，一口喝下烧酒。

当他再睁开眼睛的时候，看到一个年轻女子站在他面前，双手叉着腰，看着他。她有一头亚麻般金黄色的短发，她的皮肤在炉火的温热映照下散发着玫瑰红的光泽。艾格尔不由得想起刚出生的小猪仔，他孩提时代有时会把它们从干草堆里拎出来，把脸伏在它们柔软的、混着泥土、奶香和猪粪味道的肚子上。他低头看了看自己的手，忽然觉得它们的样子很奇怪：笨拙、无用，而且愚钝。

“再来一杯吗？”年轻女子问道。艾格尔点了点头，于是她拿来一只新杯子。在她向前弯身把杯子放到桌上时，衬衫的一褶轻轻地触到了艾格尔的上臂。那个轻微的接触几乎难以让人察觉，然而它还是在艾格尔心里留下了一丝甜蜜的痛楚，这种痛的感觉似乎每一秒都更深地陷进他的身体里。他看着她，她微微一笑。

安德里亚斯·艾格尔此后的一生都经常回想起这个瞬间，想起那天下午——在客栈轻轻发出噼里啪啦声的炉子前的——那个短暂的微笑。

他再次回到野外时，雪已经停了。天气寒冷，空气清新，一团团的云雾沿着群山上升，山顶在阳光里闪耀着。艾格尔离开村子，拖着沉重的脚步，在深雪中跋涉回家。

山林的溪流边，在离老木栈桥顺流而下几米远的地方，几个孩子在嬉闹玩耍。他们把书包扔在雪里，在溪床上到处攀爬。几个孩子坐在冰面上沿着溪道向下滑；另外几个手脚并用，在冰面上爬行，静静地听冰下轻轻的汩汩流水声。看到艾格尔后，他们聚集在一起开始喊：“瘸子！瘸子！”他们的声音在玻璃般的空气里听起来响亮而清澈，像是年幼金雕的叫声——它们在山谷上方的高空盘旋飞翔，伺机叼走跌入深谷的岩羚羊和牧场上的母羊。“瘸子！瘸腿！”

艾格尔把背椅放下，从山溪岸边悬着的冰面上掰下一块拳头大小的冰块，向后远远拉起手臂，把冰块朝那些孩子的方向用力扔了出去。他瞄得太高了，冰块从孩子们的头上远远地飞了出去。在它飞行轨迹的最高点，那一刻，冰块看起来好像要就那样静止住，悬挂在那儿，像一个在阳光中闪闪发光的小天体；接着冰块就掉下来了，悄无声息地消失在覆满白雪的杉树的影子里。

第二章

他非常强壮，只是有些慢，他想得慢，说话慢，走路也慢，但是他的每一个想法、每一句话和每一个脚步都会留下痕迹，留在他认为应该属于它们的地方。

三个月后，就在这个地方，艾格尔坐在一个树墩上，观看着山谷的入口。

山谷口随着昏黄色的飞扬的尘土变得暗淡，在扬尘中随即出现了正走近村庄的比特尔曼公司的施工队。这支施工队有二百六十个工人、十二个机械师、四个工程师、七个意大利厨娘，还有少数的帮工——他看不出来他们具体是做什么的。远远看去，这些人就像一个庞大的牲口群，只有眯起眼睛才能看到有些地方有一只高高举起的手臂，或者一个扛在肩上的鹤嘴锄。

这只是整个施工队的先锋部队，他们后面跟着满载重货的马车和卡车，它们载着机器、工具、钢梁、水泥和其他的建筑材料，用步行的速度，在没有硬化的土路上慢慢前进着。这是山谷里第一次回响起柴油发动机低沉的“哒哒”轰鸣声。

村里人都沉默着站在路边，直到老马夫约瑟夫·马利策尔忽然把他的圆顶毡帽从头上扯下来，欢呼着把帽子扔向高空，其他的人也都开始狂呼、欢叫和呐喊。

从几星期前，人们就在等待春天的降临，以及随之而来的施工队。他们将要在这里建造缆车和索道，那将是一套用直流电驱动的空中缆车，人们可以乘着它那淡蓝色的木质车厢“漂浮”上山顶，去俯瞰欣赏整个山谷的全景。这是一项宏伟的计划。

近两千米长、二十五毫米粗、如正在交配的龙纹蝰蛇一样相互缠绕在一起的钢索将被凌空架起，划破天空。索道将在一千三百米的高空中连接峡谷两岸，突起的岩石将被炸掉。随着索道的建设，山谷里将通上电，电流将通过嗡嗡作响的电缆被传到村里，到时候街道、房间甚至牲口棚在夜里都将被照耀在温暖的灯光里。人们在清新的空气中欢呼和扔帽子的同时，想着所有这些，以及很多其他可能即将发生的美好景象。

艾格尔也想和大家一起欢呼，但是出于某种原因，他还是依旧坐在他的树墩上。他感到有些压抑，虽然他自己也不知道为什么。也许是因为发动机的轰隆声，是那些忽然充满山谷的喧闹声，不知道这样的喧闹什么时候才会消失，甚至不知道它是否还会消失。艾格尔这样坐了好一会儿，然后他再也忍不住了。他跳起来，跑下山谷，和街道边的其他人站到一起，也用尽全力和他们一起高呼欢叫起来。

艾格尔小时候从来没有喊叫或者欢呼过，其实直到他开始上学，他都没怎么说过话，也不太会说话。他偶尔说话的时候，也只是很费力地把几个词任意地放在一起。说话就意味着引起别人的注意，而这又不会带来什么好事。

一九〇二年的夏天，一辆马车把他从大山另一边很远的一个城市带到这里。那时候他还是一个小男孩，从马车上被抱下来后，他就一声不吭地站在那儿，用他的大眼睛惊讶地望着高处亮晶晶的白色山峰。

那时候他大概四岁，也可能稍小一点或稍大一点，没有人确切地知道他的年龄，也没有人对此感兴趣，尤其是勉强接收他的富农[1]胡贝特·康茨施托克尔对此最不

---

1 Großbauer，字面意思“大农民”，类似中国过去的“富农”，指自己有土地、牲畜的农民。

关心，他只是递给了车夫可怜的两先令[1]小费和一块干硬的面包边儿。艾格尔是他其中一个妻妹的独子，她一直过着轻浮的生活，因此不久前亲爱的上帝用肺结核惩罚了她，接她归了天。

艾格尔脖子上挂着个皮袋子，里面装了些纸币，这对康茨施托克尔来说算是足够的理由，没有立即把艾格尔赶走，或者直接送到牧师那里，康茨施托克尔认为两种做法最后结果都是一样的。无论如何，艾格尔就站在那儿，惊奇地注视着周边的群山。

这个画面是他对自己幼年时期的唯一记忆，也被他随身携带了整整一生。对在此之前的一切，他没有任何记忆，对在此之后的时光——他在康茨施托克尔家的最初几年，他也没有任何记忆，那些记忆不知什么时候就那样消失在过去的迷雾中了。

在他的下一段记忆里，他看到大概八岁时的自己，光着瘦小的身子，趴着挂在牛棚栏杆上，他的头和双腿摆晃着，就要碰到散发着马尿味的地面了。他白白的小

1 Groschen，奥地利采用欧元以前的最小硬币单位。

屁股暴露在冬天寒冷的空气里，接受着康茨施托克尔的榛木马鞭的一下下抽打。像往常一样，康茨施托克尔把鞭子事先在水里浸泡过，以使它更有韧性。鞭子在空气中发出短促而响亮的呲呲声，随着一声叹息落在艾格尔的屁股上。艾格尔从来都不哭叫，可是这更加激怒康茨施托克尔，让他打得更凶狠。

“男人是由上帝之手创造和磨炼的，以使地球和地球上面的一切生物都臣服于他；男人执行的是上帝的旨意，他所说的是上帝的语言；男人用他胯部的力量创造生命，用他臂膀的力量夺取生命；男人是一家之主，男人是大地，是一个农夫，他的名字是‘胡贝特·康茨施托克尔’。只要他愿意，他能去翻掘农田，他能把一头肥大的母猪抓起来扛到肩膀上，他能生一个孩子，或者把另一个孩子吊在牛棚栏杆上，因为他是男人，说一不二的男人。”

“敬爱的上帝，宽恕我！”康茨施托克尔狠狠地挥舞着鞭子说着，“敬爱的上帝，宽恕我！”

康茨施托克尔总是有足够的理由打艾格尔：不慎泼洒的牛奶、发霉的面包、一头走丢的牛或者是一次晚祷告时的结巴或错误。

有一次，不知道是因为那支鞭子被他削得比较粗，还是他忘记了事先把鞭子泡软，或者是那次他比平时更愤怒而打得太用力，没人知道具体是什么原因，总之，他又在打艾格尔。艾格尔的小身体里不知道哪里忽然响亮地“咔嚓”了一声，然后这个小男孩就不再动了。

“敬爱的上帝，宽恕我。”康茨施托克尔说着，惊讶地垂下了胳膊。小艾格尔被抱回了房间，放在秸秆堆上，农夫的妻子用一桶水和一杯热牛奶让他又苏醒了过来。

他的右腿有个地方受了伤，但是因为去医院检查太贵了，就请来了邻村的正骨师阿洛伊斯·克拉默赫。阿洛伊斯·克拉默赫是一个友善的人，有着异常小巧、嫩粉色的双手。他双手的力量和技巧，甚至连伐木工人和铁匠都传为神奇。

几年前他曾经被请到富农希尔茨的农庄，因为希尔茨的儿子喝得烂醉，爬上了牲口棚的顶，然后穿破棚顶摔了下来。那个长得如庞然大物、像黑熊一样强壮的儿子，在一堆鸡粪里疼痛得打了几个小时的滚，嘴里一直含混地喊着什么，并成功地用一把干草叉阻止了任何企图靠近他的人。阿洛伊斯·克拉默赫轻松地微笑着走近他，灵巧地躲过了每一次刺过来的干草叉，精准地把两个手指伸进这个家伙的鼻孔，简单轻巧地强迫他跪在地上，这才制伏了他的倔脑筋，然后正好了他脱臼的骨头。

同样地，正骨师阿洛伊斯·克拉默赫把小艾格尔断掉的大腿骨也接回到了一起，他往伤腿上夹了几条窄细的木板条，抹了一些草药膏，并用厚厚的绑带把腿缠了起来。

接下来的六个星期，艾格尔只能在屋顶阁楼里的干草袋上度过，连便溺也只能躺在一只旧浅盆上解决。一直到很多年以后，直到他早已长大成人，并且强壮到可以把濒死的牧羊人背下山的时候，安德里亚斯·艾格尔还是会想起那些躺在臭哄哄的阁楼地板上的夜晚，空气里混合着草药味、老鼠屎味和他自己的排泄物的气味。从地板上，他感受到阁楼下的房间里的温暖蒸腾上来。他听到康茨施托克尔的几个孩子在睡眠中发出轻轻的吱吱嘎嘎的声音，康茨施托克尔隆隆的呼噜声，还有他妻子发出的莫名的声音。他听到牲口棚里传来的牲口的各种声音——窸窣声、呼吸声、大口咀嚼的声音和喘气声。

有时候，当他在明亮的夜里不能入睡的时候，看到月亮挂在小天窗里，这时他就试着让自己尽量坐直，以靠月亮更近一点。月光是那么的友善、柔软，他在月光下观察自己的脚趾，它们看起来像小块的圆圆的奶酪。

六个星期后，正骨师终于被叫来给他拆绑带了，那条伤腿已经像小鸡腿那么细了，而且腿从臀部斜着突出来，整个看上去有一些歪斜、扭曲。

“以后会慢慢长好的，像生命里其他所有的事情一样。”克拉默赫一边说，一边在一盆新挤出来的鲜牛奶里洗着手。

小艾格尔默默忍下他的疼痛，从床上起来，拖着伤腿走出了房间，又走了一段，来到那一大片养鸡的草地上。草地里的报春花和多榔菊已经开始绽放了。他脱下睡衣，伸开双臂向后倒向草丛。太阳照在他的脸上，第一次，从他有记忆以来，他开始想念妈妈，想起他早已没有丝毫印象的妈妈，她会是什么样的呢？她在临死前又是什么样子的呢？是不是很小、很瘦、很苍白？是不是有一斑颤抖的阳光照在她的额头上？

艾格尔慢慢恢复了气力，但是他的右腿就一直是弯曲的了，从此以后他不得不瘸着腿走过他的一生。他的右腿好像比身体的其他部分都慢半拍，好像它在每走一步前，都需要一些时间思考，这步是不是值得它付出这么多的努力。

对这之后的童年生活，安德里亚斯·艾格尔的记忆很零碎。有一次他看到了大山开始晃动，背阴的那侧山坡好像突然被推了一下，随着一声低沉的轰隆声，整个山坡开始往下滑。翻滚而下的泥块把森林里的小教堂和几个干草堆冲走了，把几年前就已经废弃的凯恩施泰因农庄里摇摇欲坠的破屋子也掩埋了。一头因为后腿受伤而被从牛群里分出来的小牛犊，和绑着它的樱桃树被冲向高空，在浪尖上的那一刻，在彻底被泥石流淹没和吞噬前的那一个瞬间，小牛犊直瞪瞪地望向山谷外面。

艾格尔记得，人们惊讶地张着嘴巴站在自己的房子前，怔怔地看着山谷另一侧发生的灾难。小孩子们手牵着手，男人们沉默着，女人们在哭泣，老人们含糊齐诵《主祷文》[1]的声音盖过了一切。几天后人们在山谷下游几百米的地

1 天主教、东正教和基督教礼拜仪式中通用的祷辞。

方找到了牛犊的尸体，它依然绑在那棵樱桃树上，躺在小溪的拐弯处，被溪水冲打着，肚子因为泡了水而涨得圆滚滚的，僵硬的四肢指向天空。

艾格尔和康茨施托克尔的孩子们一起睡在卧房的一张大床上，然而这并不意味着，他也是他们中的一员。他在康茨施托克尔农庄的整个期间，一直都是一个外人，一个刚刚可以被容忍的人。他是被上帝惩罚的妻妹的私生子，农夫对他的恩惠完全是因为他脖子上挂的皮袋子里的所装之物。

其实他根本没有被当作孩子对待过。他的存在只是为了工作，为了祈祷，为了伸出他的屁股去迎接榛木马鞭的抽打。

只有农夫妻子的老母亲阿娜尔，会不时给他一个温暖的眼神或一句友好的话语。有时候她会把手放在他的头上，咕嘟一句短短的“上帝保佑你”。艾格尔在收割干草时听到她忽然去世的消息：她在烤面包时失去了意识，向前栽倒，脸埋在面团里窒息而死。他把手里的镰刀扔下，默默爬上山，在过了雄鹰崖又走了一段的地方，找了一小块背阴的地方哭了一场。

阿娜尔的灵床被安置在房子和牲口棚之间的小屋子里，放了三天。小屋子里一片漆黑，窗子被遮暗了，墙上挂满了黑色的布巾。阿娜尔的手被合拢放在一串木质的玫瑰念珠[1]上，她的脸被两支摇曳的烛火照着。腐烂的气味很快就弥漫在整栋房子里，那时候夏天已经笼罩整个山谷了，炎热从每个缝隙挤进灵房。

两匹健硕的哈福林格马[2]拉着殡仪车终于到了，康茨施托克尔的亲邻朋友们最后一次聚集在遗体旁边，和她道别。康茨施托克尔往她身上洒着圣水，清着嗓子凑出几句话。“阿娜尔现在走了。”他说，“去哪儿了，我们不知道，但是这应该是对的。老旧的死去，新生的才有地方。就是这样的，而且以后也一直会是这样。阿门！”然后阿娜尔的尸体就被抬到车上，像往常一样，全村的人都参加了送葬，队伍开始慢慢移动。

当送葬队伍经过铁匠铺时，被烟熏得乌黑的门忽然开了，铁匠的狗冲了出来，它的皮毛像沥青一样漆黑，

1 特指天主教祈祷时记数用的一种念珠。

2 哈福林格马（Haflinger）是一种19世纪后期在奥地利和意大利北部培育出来的马，通常为栗色，鬃毛和尾巴为白色或亚麻色，高135—145厘米，负载能力佳。

在它的两腿之间，肿胀红亮的生殖器突出醒目。它沙哑地嘶吠着冲向马车，车夫甩鞭抽向它的背，可是它好像感觉不到疼痛似的，又跳向其中一匹马，一口咬进马的后腿。被咬的马受到惊吓，猛然前腿腾空、后腿站立了一下，然后就开始乱踢乱蹬。它巨大的马蹄一脚踏在狗脑袋上，发出了“咔嚓”的响声，那只狗哀嚎了一声后就像麻袋一样瘫在地上。

前面那匹受伤的马跌撞着晃向一侧，眼看就要把马车拉进雪水沟里。马车夫从驾御台上跳下来，用缰绳套住了他的马，成功把马车稳在了路上。可是后面的棺材还是滑动了，横斜在车上。因为棺材到墓地后才会被最终钉住，为了运输只是将就关上。此时，棺材盖忽然滑开了，从缝隙里可以看到死者的一只前臂。在黑漆漆的灵房里，她的手看上去是雪白的，然而在中午明亮的日光下，这只手像双花堇菜的花瓣一样是淡黄色的——双花堇菜开在背阴的溪岸边，只要被太阳照到，就会马上枯萎。

受惊的马最后一次用后腿站起后，终于停下来了，肋腹部还颤抖着。艾格尔看到，已逝的阿娜尔的手伸在棺材外摇晃着，有一刻她看起来好像要跟他挥手道别，最后对他说一次“上帝保佑你”，那是仅仅对他一个人的道别和祈福。

棺材盖重新被合上，棺材也被推回原来的位置，送葬队伍可以继续前行了。那只狗还留在街上，它侧躺在地上原地打着转，身体因为抽搐而颤抖，胡乱地向四周撕咬着。好长一会儿还能听到它颌骨哆嗦的咔哒声，一直到铁匠用一根长长的铁砧[1]把它打死。

一九一〇年村子里建了一所学校，现在小艾格尔每天早上忙完牲口棚的活儿后，就跟其他的孩子们一起坐在还散发着新鲜沥青味的教室里，学习读书、写字和计算。他学得很慢，好像他一直要克服一股隐藏的、内在的反抗力。但是一段时间后，他也慢慢从学校黑板上点点线线的混乱中摸索出一些意义，一直到他后来也可以读没有图片的书了，这唤醒了他心里对山谷另外一侧的世界的些许想象和隐约的恐惧。

康茨施托克尔最小的两个孩子在一个冬季的长夜死

1　用以把镰刀锻打锋利的工具。

于白喉以后，农庄的活儿就因为人手减少而更劳累了。但另一方面，艾格尔在床上有更多地方了，也不再需要为了争夺每一块面包边儿，与剩下的几个养兄弟姐妹扭打了。不过本来他和其他几个孩子之间也早已没有肢体冲突了。原因很简单，那就是艾格尔现在太强壮了。好像自从他的腿被打断后，上天想尝试补偿他一些似的。他十三岁时就长了一身年轻男子才有的健壮肌肉，十四岁时他第一次把六十公斤重的麻袋举起来，从天窗里放进屋顶粮仓。他非常强壮，只是有些慢，他想得慢，说话慢，走路也慢，但是他的每一个想法、每一句话和每一个脚步都会留下痕迹，而且是精准地留在他认为应该属于它们的地方。

艾格尔十八岁生日后的一天（因为没有关于他生日的确切信息，村长就随便挑了夏天里的一天，一八九八年八月十五日，做他的生日，并办理了相应的文件。）晚饭时，装着牛奶汤的陶碗从他手里滑落，随着低沉的“啪”一声摔碎了，汤和刚刚弄碎泡在汤里的面包都洒在地板上。本来已经双手交叉、准备进行饭前祷告的康茨施托克尔慢慢站起来。“把榛木鞭子拿出来泡到水里！”

他说，“我们半小时后见！”

艾格尔把鞭子从吊钩上取下来，放进外面的牲口饮水槽里，坐到牛棚栏杆上，摇晃着双腿。

半小时后，康茨施托克尔出现了。“把鞭子拿过来！”他说。

艾格尔从牛棚栏杆上跳下来，从牲口饮水槽里把鞭子拿出来。康茨施托克尔在空中抽了一下鞭子，鞭子在他手中灵活地弯曲甩动，所到之处，留下一道水珠组成的帘幕，水珠柔和地闪烁着。

“把裤子脱下来！”农夫命令道。

艾格尔双臂交叉抱在胸前，摇摇头。

“看啊，这个私生子竟然敢反抗我这个农夫了！”康茨施托克尔说道。

“我只是想要我的清净，别的什么都不要。”艾格尔说。康茨施托克尔把下巴前伸，他的胡子茬上挂着牛奶残渣，脖子上一条长长的、弧形的血管突突地跳着。他往前跨了一步，举起了胳膊。

“你打我的话，我就杀了你！”艾格尔说。康茨施托克尔僵在他的动作里。

在他以后的生活里，每当艾格尔回想起这一刻，他都觉得好像他们就那样僵持着对峙了整整一个晚上：他交叉着手臂抱在胸前，康茨施托克尔高高举起的拳头里握着榛木鞭子，两个人都沉默着，目光里充满着冰冷的仇恨。事实上那一刻最多也就持续了几秒钟。一滴水珠顺着鞭子慢慢流下来，轻轻一颤，滴落下去，掉到地上。牲口棚里传来了母牛们低沉的咀嚼声。房子里有一个孩子笑了一声，然后院子里又安静了。

康茨施托克尔垂下胳膊，用没有语调的声音说："你走吧。"艾格尔就这样离开了康茨施托克尔家。

第三章

有时候，当他在草地上躺得足够久的时候，他会感觉到，大地在他的背下十分轻微地起伏。在这样的时刻，他知道，这是周围的群山在呼吸。

安德里亚斯·艾格尔虽然有残疾，但是他很强壮。他很能卖力气，要求很少，几乎不怎么讲话，他既能忍耐农田里阳光的灼热，也能承受森林里蚀骨的寒冷。不管什么工作他都接受，并且都能可靠地完成，从不抱怨。他能灵巧地使用镰刀和干草叉，能翻晒新收割的草料，能往马车上装粪肥，可以把一捆捆秸秆和乱石从农田里清走；他可以像一只甲壳虫一样匍匐在庄稼地，也能把迷路的牲口从山上的岩石间引下来；他知道应该向哪个方向砍哪根木头，知道怎样打楔子、锉锯子、磨斧子。

他很少去餐馆，除了一顿饭、一杯啤酒或者一杯植物烧酒，他从来不会让自己多享受一点。晚上他几乎不在床上睡觉，多数时候他就睡在干草堆里，在屋顶阁楼上，或者在牲口棚里的牲口旁边。有时候，在温暖的夏夜，他会在刚收割了牧草的草地上铺一个毯子，躺上去仰望星空。然后，他会想想自己的未来，正因为他对未来没什么期待，所以他的未来好像无限远地在他面前伸展开来。有时候，当他在草地上躺得足够久的时候，他会感觉到，大地在他的背下十分轻微地起伏。在这样的时刻，他知道，这是周围的群山在呼吸。

二十九岁那年，艾格尔攒够了钱，租下了一小块有一个干草棚的地皮。那块地皮在高山林木线的紧下方，离村子的直线距离有五百米，只有那条去往高山牧场的狭窄小路通向这里。

这块地皮实际上没什么价值，地势陡峭，土质贫瘠，布满了无数的漂砾乱石，比康茨施托克尔家养鸡的草地大不了多少。然而就在附近，有一股从石缝里涌出的小泉，流着清澈冷冽的泉水。早上，在这里的山脊上，太阳比在村子里能早升起半个小时，早早温暖脚下的大地——艾格尔的双脚在夜里经常变得湿冷。

他在附近的树林里砍了几棵树，就地把它们加工了，然后把处理好的梁木拖到他的干草棚里，支撑歪歪斜斜的墙。为给房子打地基，他挖了一个坑，往坑里填满了那块地上的乱石。他那块地上有那么多石头，怎么用都不显少，好像每天晚上它们会从干枯的地面上重新长出来似的。他把地上的乱石都捡到一起，因为在捡石头的时候很无聊，他给它们都起了名字。当他所知道的名字不够用了，他就开始用词语来称呼那些石头。当他终于意识到，这块地上的石头远远多于他认识的词语，他就开始重新再使用一遍那些名字和词语。

他不需要犁和牲口，因为他的土地太小了，不能经营成自己的农场，但是做一个小型的菜园还是可以的。最后他在自己的新家四周围了一圈矮小的篱笆，并装了一小扇栅栏门。他装这扇门的唯一目的，就是为了阻止万一什么时候可能路过的访客进入他的家园。

总体来说，这段日子是艾格尔的一段好时光，他很满足，对他来说生活可以一直这样继续下去。可是，后来发生了羊角汉斯的故事。虽然以艾格尔对罪责与公平正义的理解，他并不觉得自己应该对羊角汉斯的消失负责，他对此也不能再做什么了，但是他还是没有向任何人讲过在那场漫天大雪里发生的事情。虽然人们从来没有找到尸体，但羊角汉斯就这样被认定已经死亡，连艾格尔也从来没有任何一个瞬间产生过怀疑。只是他再也忘不了那个瘦小的身影，以及它在他眼前从浓浓雪雾中慢慢消失的画面。

从那天开始，还有些什么深深烙进艾格尔的内心，再也无法磨灭：那丝痛楚，那与衬衫的一褶布料短暂轻触而引起的痛感，逐渐陷入到他的上臂、他的肩膀、他的胸里，并最终在他的心脏驻扎下来。

那本来是很轻微的疼痛，却比艾格尔在他生命中迄今为止认识的所有疼痛——包括康茨施托克尔的榛木鞭子的抽打，都更深。

她叫玛丽，艾格尔觉得这是世界上最美丽的名字。几个月前她才来到山谷——脚上的鞋子已经穿坏了，头发上也蒙满灰尘——想在这儿找份工作。正巧的是，客栈店主几天前刚刚把忽然怀孕的女工赶走。他对玛丽说："让我看看你的手！"看着她手指上的老茧，他满意地点了点头，给了她这个刚刚空出来的职位。

她马上就开始招待客人，整理那几间为季节性工人准备的房间里的床铺。她还负责养鸡，在花园和厨房里干活，在屠宰时帮工，以及舀干客人的马桶。她从来不抱怨，不爱慕虚荣，也不敏感娇气。

“不要招惹她！”店主的食指沾满新鲜融化的猪油，油光闪闪的，他戳着艾格尔的胸膛说，“玛丽是来工作的，不是来谈情说爱的，你明白了吗？”

“我明白。”艾格尔说道，同时又感觉到了心脏位置的那种轻微的、甜蜜的痛楚。对上帝不可以撒谎，他想，对一个客栈店主应该可以吧。

星期天去教堂做完礼拜后，他等着见她。她穿着一件白色的连衣裙，头上戴着一顶白色的小礼帽。虽然那顶小帽子看起来真的很漂亮，但艾格尔还是觉得，它有点太小了。他不由得联想到森林里有些地方幽幽地突出地面的植物根茎，那上面有时候会奇迹般地长出一朵零星的、白色的百合花。也有可能那顶帽子这样正好，艾格尔也不知道，他对这些事情本来也不了解。他对女人的经验仅仅局限于礼拜仪式上，他坐在教堂的最后一排座位，静静地听着她们清亮的歌唱。她们用香皂洗过、抹了薰衣草的头发散发的香味让他几近眩晕。

“我想……”他用沙哑的声音说着，在句子中间停住了，因为他忽然忘了本来想说什么。他们在小教堂的影子里沉默着站了好一会儿。她看起来倦了。她的脸看上去好像依然笼罩在教堂昏暗的光里。一粒细小的黄色花粉挂在她的左侧眉毛上，随着微风轻轻抖动着。她忽然对他笑笑。“现在忽然有点冷了，”她说，“也许我们能走到阳光里一点儿吧。”

他们并肩走到教堂后面那条蜿蜒通向哈尔茨山峰的林间道上。草丛里一条小溪潺潺地流动着，他们上方的树冠随着风簌簌作响。矮树丛中到处可以听到知更鸟唧唧啾啾的叫声，可是每次他们刚要靠近时，鸟儿就不叫了，林中又是一片安静。

他们在一块林中空地停了下来。头顶上方的高处站着一头猎鹰，一动不动的，突然它拍动翅膀，向一侧倾翻飞了出去，看起来像要从天上掉下来似的，然后从他们的视野中消失了。玛丽摘了几朵花，艾格尔用力把一块脑袋大的石头扔进了矮木丛，没什么原因，就只因为他正好想这么做，也有这个力气。

在他们回去的路上，穿过一条腐朽断损的木头小径时，她拉住了他的前臂。她的手粗糙而温暖，像是被阳光照耀着的一块木头一样。艾格尔很想把她的手拉起来贴到他的脸颊上，就那样一直站在那里。可是相反地，他迈了一大步，继续迅速往前走了。“千万要小心，”他说着，并没有转向她，“在森林里很容易崴到脚！”

每个周日他们都会见面，后来有时候周中也会见面。她小时候有一次爬一个摇摇晃晃的木栅栏，摔到了猪圈里，被一头受惊的母猪咬了一口，所以脖子后面横着一道大概二十厘米长的伤疤，月牙形的，到现在都还是鲜亮的红色。艾格尔觉得这没什么，而且他认为，伤疤就像岁月一样，一个接着一个，一年又一年，所有的这些一起造就了一个人。玛丽也不嫌弃他的瘸腿，至少她什么都没说过。她从来没有提过他的跛脚，一个字都没有。

其实他们两个本来也很少交谈。他们会一起并肩走路，一起观察他们身前大地上自己的影子，或者找个地方坐在一块石头上俯瞰山谷。

八月末的一天下午，他把她带到了自己的那块地上。他弯腰打开栅栏门，让她先进去。他说还要把这个茅草屋再刷一下油漆，不然风和湿气很快就会把木头侵蚀，人还来不及看，房子的舒适就已经被毁了。

在那边儿他还种了一些蔬菜，长势很好，比方说芹菜都长得快比人还高了。太阳在这里比在山谷里照得更明亮，这不仅对植物有好处，也能温暖人的骨头和性情。当然不能忘了这儿上好的视野，他说着，用胳膊比画出一道宽宽的弧线，在这儿可以看到整个山谷地区，天气好的时候甚至可以看得更远。

房子里面也还要再粉刷一下，他对她说，而且要用泥瓦工的涂料，当然不能用水来和涂料，而是要用鲜牛奶，这样粉刷效果能维持得更久。厨房可能还得好好地整理布置一番，但他至少已经有些必需品了——锅子、盘子、刀叉勺这类东西，有机会的话他还要用砂纸磨一磨平底锅。

另外，他并不需要一个牲口棚，因为这儿没有地方养牲口，他也没时间。况且他也不想当一个农民，因为当农民就意味着，一生都只在他自己的那一小块地上爬来爬去，低着头在土地里刨翻。在他看来，一个男人必须把目光抬起来，往尽可能远的地方看，要超越他自己那一小块儿有限的土地。

后来在他的生命里，艾格尔都不记得，自己还有哪一次像玛丽第一次来他的地方时说过那么多话。那些话语就那样自己从他的嘴里涌出来，而他只是诧异地倾听着那些话，听着它们如何完全自主地组合在一起并产生意义。在他说完这些话以后，自己才惊奇地发现这些话的意义就那样清楚地呈现在眼前。

他们沿着狭窄盘旋的小路下山走回山谷时，艾格尔又沉默了。他觉得自己有些奇怪，而且感到有一点羞耻，虽然他也不知道因为什么。在一个转弯处他们停下来想歇一歇脚，坐在草丛里，背靠在一棵倾倒的山毛榉树干上，树干木头里储存了最后几个夏日的温暖，散发着干苔藓和树脂的香味。

在他们四周，山峰高高耸起，指向清澈的天空。玛丽觉得那些山峰看起来好像是瓷做的。虽然艾格尔一生中从来没有见过瓷器，他还是赞同了她的说法。“那走路时可要小心些，”他说，“走错一步，整片风景上可能就会出现一道裂痕，甚至马上破裂成无数微小的风景碎片。”

玛丽笑了。“听起来真有趣。”她说。

“是的。”艾格尔说。然后他又低下头，不知道接下来该怎么办。

他很想站起来，捡一块石头，把它随便往某一个方向扔出去，扔得越高越远越好。这时，他却忽然感觉到她的肩靠到了自己肩上，他抬起头来说：“现在我再也忍不住了！”他向她转过身去，把她的脸捧在双手里，吻了她。

“哎呀，”她说，“你还真有劲儿啊！”

“对不起！”他说，赶紧惊慌地缩回了手。

“不过还是很美。”她说。

“虽然我把你弄疼了？”

“是的，”她说，“非常美。”

他又把她的脸捧在两手间，这次是小心翼翼的，像是捧着一只鸡蛋或者一只刚刚出壳的小鸡。

“这样就很好。”她说着闭上了眼睛。

他多么想当天，或者最晚第二天就去向玛丽求婚。可是他不知道该怎样求婚。他连续几天整晚坐在家里自己修葺的门槛上，呆呆地望着脚下笼罩在月光里的草地，满脑子想的都是他窘困的现状。

他不是农民，也不想成为农民。他不是手工艺人，不是森林工人，也不是高山牧场的牧人。确切地说，他只是一种短期雇佣工人，在各种工作季、借各种工作机会打零工来养活自己。他这样的男人几乎适合做一切事情，只是不适合做丈夫。女人们对未来的丈夫期待要多一些，艾格尔觉得。关于女人，至少这一点他还是了解的。

对他来说，他愿意这一生的剩余时光就那样和玛丽手牵手坐在一条路边，靠在一根溢着树脂的树干上。可是现在这一切不只关系到他自己。他明白他在这个世界上的任务。他想保护玛丽，想照顾她。男人必须把目光抬起来，往尽可能远的地方看，而不是只盯着他自己那一小块儿土地，他对她这样说过，他也想做到这样。

艾格尔来到了比特尔曼公司的营地，这片营地在这段时间里已经占据了对面山谷斜坡上的整片草地，里面住的人比整个村子的居民还多。

他打听着找到了负责招工的经理的木板房，由于担心自己笨重的靴子会把地毯弄坏，于是他小心翼翼地走进了他的办公室。地毯几乎铺满了整个房间的地板，削弱了他的脚步声，好像走在苔藓上似的。

招工经理是一个粗壮、庞大的男人，秃顶，头顶四周有一圈剪得很短的头发，头顶上还有很多伤疤。他坐在黑色木头做成的书桌后面，尽管房间里很温暖，他还是穿了件羊皮衬里的皮夹克。他深弯着腰坐着，伏在一堆文件上，好像根本没察觉到艾格尔进来了。但是正当艾格尔想发出点声音让他注意自己时，他意外地抬起了头。

“你是个瘸子，”他说，“我们不需要这样的一个人。”

“这个地区没有比我更能干的工人了。”艾格尔回答说，“我很强壮。什么事情我都会做，任何工作我都愿意做。”

“可你是个瘸子。”

“在山谷里也许是，”艾格尔说，“在山上我是唯一一个能直立着走路的人。”

那个经理把背慢慢向后靠去。屋子里一片沉寂，这沉寂好像深色的面纱，蒙在艾格尔的心上。他盯着粉刷成白色的墙，有那么一刻，他自己都不知道，他到底为什么来这儿。

经理叹了一口气，举起手，做了一个手势，好像要把艾格尔从他的视野里抹掉似的。然后他说：“欢迎来比特尔曼公司工作！不许喝酒，不许去找妓女，不许参加工会。从明天早上五点半开始上班！”

艾格尔帮忙砍树和搭建巨大的钢铁支架，那些钢铁支架沿着一条直线，以五十米的间距穿针引线般地通向山顶，这些钢铁支架的每一根都比村里最高的建筑物——教堂还要高上数米。

他把钢铁、木料和水泥拖上山再拖下来；他在森林的地面上挖掘地基的沟道，在岩石上钻出胳膊粗的洞，以方便爆破工把炸药放进去。当炸药爆破的时候，他和其他的工人一起蹲在安全距离外的树干上，那些树干凌乱地散在被拓宽的林间道上。他们用手把耳朵捂住，感受着屁股下的大山随着爆炸而开始颤动。

几乎没有人像他一样熟悉这个地区，再加上他完全不会感到头晕，因此大多数时候他都是被送到最前线，第一个到达需要新钻孔的地方。他登爬在碎石里，攀援在岩石间，悬挂在悬崖峭壁上，身上仅仅系着一根细细的麻绳做防护。他把目光集中在紧挨在他脸前的一团团尘土岩屑上，那是钻孔机激起的尘雾。

艾格尔喜欢在山崖间的工作。在高处，空气清凉而透彻，有时候他能听到金雕的叫声，或者看到金雕的影子无声地从森林上方掠过。他经常想念玛丽，想她那粗糙、温暖的手，想她的伤疤，在脑子里一遍遍地画着那道伤疤的弧形。

到了秋天，艾格尔愈发心神不宁了。他认为现在终于是时候向玛丽求婚了，可是他依然不知道该怎么做。晚上他经常坐在门槛上，沉浸在朦胧的憧憬和梦幻中。

当然了，他自己想着，他的求婚一定不能是随随便便的一个，它必须在一定程度上能够承担、表达他的爱的重量，也必须能够在玛丽的记忆里和心坎上留下永久的烙印。他想过写一些什么，可是他写东西比说话还少，从来没有过。况且，在他看来，就那么一封信也不能带来什么，那么一小张纸条怎么能装下他那么多的想法和感受呢？最好他能把他的爱写到大山上，要写得大大的，让山谷里的每一个人都能从远处看到。

和同事托马斯·马特尔在一起的时候，从森林的林间道路边的土里拔起那些不顺从的根茎时，艾格尔向他讲了自己的难题。

马特尔是一个有经验的伐木工人，也是比特尔曼公司的元老级员工之一。他已经跟着不同的施工队在各个山区工作了快三十年了，以时代进步的名义开垦森林，往大地里种上钢铁支架或水泥墩柱。虽然他已经上了年纪，虽然他腰骶部一直疼痛——他自己说就像是被一群凶残的狗一直紧紧地咬着不放一样，但他在树林里面还是步履轻盈，动作敏捷。也许真的有可能，能在大山上写些什么，马特尔用手摸了摸他胡子拉碴的脸说，那就是用魔鬼的墨水：火焰。

他年少时，在北方的地区度过了几个夏天，为建造桥梁砍伐木头。在那儿他经历过圣心节时在山里燃火以敬瞻耶稣的古老习俗[1]，人们在夏至时燃火做成巨幅的画面，照亮夜间的大山。

“既然可以用火来作画，那么肯定也可以用火来写字。”他说，“比如向玛丽求婚的字语。三四个字，当然不能再多了，再多就不可行了。‘你要我吗’或者‘来吧，

1 奥地利西部的蒂罗尔地区，自十八世纪的习俗，在耶稣圣心节期间点燃篝火礼敬耶稣，在山间用燃火形成心形、十字架形等。现在在蒂罗尔很多地区依然保留此习俗。

甜心’—— 随便一些什么女人喜欢听的话。”

“这样应该可以。”马特尔心不在焉地说着，把一只手伸进脖子后面，捏出一枝掉进他衣领里的细细的长满嫩芽的小树枝。他把那些小小的、嫩白的芽一个个啃下来，把它们像焦糖一样含在嘴里吮吸着。

“是的，”艾格尔点头说道，“这样应该能行。”

两个星期后，在十月第一个星期天的傍晚，艾格尔小组里最可靠的十七个人爬到雄鹰崖以上的一片碎石地。在马特尔用沙哑的声音咆哮出的指挥下，把二百五十个一公斤半重的、装满锯末、用煤油浸透的小麻袋，沿着事先用麻绳标记好的线路，大概每隔两米一个摆好。几天前下班后，艾格尔把这些人召集到了当作食堂用的帐篷里，向他们说明了自己的计划，并试着说服他们协助他。

“你们每人可以得到七十个先令和四分之一升的烧酒。”他的目光扫视着这些男人脏兮兮的脸。最近几星期他从工资里把钱省下来，把硬币攒在一个小蜡烛盒里，藏在门槛下的一个土洞里。

“我们要八十先令和半升烧酒！”一个黑头发的钳工

说。他是几个星期前才从意大利伦巴第地区加入到公司的，因为他蒸汽锅炉般的暴脾气很快在小组里获得了一定的权威性。

“九十先令，没有烧酒。”艾格尔回复道。

“烧酒必须有。”

“六十先令，半升烧酒。”

“成交！”黑头发的钳工喊道，拳头“砰”地砸在桌上，以加强对这个约定的确认。

托马斯·马特尔大部分时间坐在一块突出的岩石上，监督工友的动作。这些小麻袋的间距绝对不能超过两米，不然字母上会有空隙。“爱情可不能坏在一个有空隙的字母上，你这个笨蛋！”他喊着把一块拳头大小的石头扔向一个年轻的手脚架工人——他把麻袋摆得间距有点大了。

落日时分，所有的麻袋都准确摆放好了。夜幕渐渐降临在群山上，马特尔从他的石头上爬下来，走到第一个字母的第一个小麻袋前。整个山坡在他眼下一览无遗，工友们均匀地分布在坡面上。然后他掸掉裤子上的灰尘，从裤兜里翻出来一盒火柴。在他脚下的土地里插着一根棍子，棍子上裹着一块浸过煤油的抹布，他用火柴点燃了这根棍子。然后他举起火把，在头顶上挥舞着，用尽全力叫出了他一生中喊过的最嘹亮、最清澈的一声欢呼。

碎石地上几乎同时亮起了十六束火把，举着火把的男人们开始用他们最快的速度沿着那些线路奔跑，一个接一个地点燃那些小麻袋。马特尔轻声哧哧笑着，他惬意地想着他的烧酒，只是在他的脖颈处，他感受到了夜晚清凉的气息，山上的夜已经越来越深了。

同一时刻，在下面山谷里，安德里亚斯·艾格尔用他的胳膊揽着玛丽的肩膀。他们约好，日落时分在那条旧木板路旁的一个树桩前见面。

玛丽的准时到来，让艾格尔心里松了一口气。她穿着一件浅色的亚麻裙子，头发散发着香皂和干草的香味，艾格尔觉得，还有一点儿煎猪肉的香味。他把自己的上衣外套铺在树桩上，示意她坐下。他要给她看点儿什么，这可能是她一辈子都不会忘记的景象。

“会很漂亮吗？”玛丽问道。

“应该是的吧。”他说。

他们肩并肩坐在一起，沉默地看着太阳慢慢在群山背后落下去。艾格尔听到了他自己的心跳声，有那么一刻，他觉得心脏好像不是在自己的胸腔内跳动，而是在他身下坐着的树桩里，好像这块腐朽的木头苏醒过来有了新的生命一样。

然后他听到远处传来托马斯·马特尔的呼叫声，艾格尔指向对面幽暗的山坡说："你看。"

下一秒，山谷另一侧的山坡高处燃起了十六束火光，它们像一群萤火虫一样向各个方向散开，在散开的路上，那些火光好像撒下了一滴滴灼烧着的火种，那些火种互相接连起来，形成了弧形的曲线。艾格尔感觉着身边玛丽的身体，用一只胳膊揽住她的肩膀，听着她轻微的呼吸声。

对面山坡上，那些燃烧着的火线摇摆着，逐渐连接成更为宽大的弧线，或者闭合成圆形，最终在左上角又燃起两点火光。艾格尔知道，肯定是老马特尔亲自爬上了那块碎石阵，点燃了最后两个小煤油麻袋。

"献给你，玛丽"，跳动着的火光把这几个字母写到了大山上，写得大大的，山谷里的每一个人都能从远处看到。字母"M"被摆得相当歪斜，而且中间还缺了一道，看上去好像有人从中间把它撕开了。很显然至少有两个麻袋没有被点燃，或者根本没有被摆上去。艾格尔深深地吸了一口气，然后他转向玛丽，努力想在黑暗中看清她的脸。“你愿意成为我的妻子吗？”他问道。

“愿意。”玛丽小声地回答道。她的声音太轻了，以至于艾格尔不敢确认，他是不是真的听清了她的话。

“你愿意做我的妻子吗，玛丽？”他又问了一遍。

“愿意，我愿意做你的妻子。”她坚定地回答道。艾格尔感觉到，他下一刻就要从树桩上向后翻摔下去了。但是他还是保持坐在那儿。他们拥抱在一起，等他们停止拥抱时，山上的火已经熄灭了。

从此艾格尔再也不用孤单地度过漫漫长夜了。在床上，他身边躺着他的妻子，轻声呼吸着。有时候他会观察她在被子下呈现出轮廓的身体，虽然随着过去的几星期，他对它已经越来越熟悉了，可是他依然觉得它是一个不可捉摸的奇迹。

按照官方的生日文件，他现在三十五岁了，他明白他的责任。他想保护玛丽，照顾她，他对自己这样说过，他也要做到这样。因此一个周一的早上，他又一次来到招工经理的木板房，站到了他的书桌前。

“我想要更多的工作。”他说着，同时在手里拧着他的羊毛帽。

招工经理抬起头来，不快地看着他说：“没有人会想要更多的工作！”

“我就想。因为我将要建立一个家庭。”

“那你是想要更多的钱，而不是更多的工作。”

“如果您这么看这件事，应该也是对的。”

“是的，我想，我就是这么看这件事的。你现在挣多少？”

“每个小时六十先令。”

招工经理把背往后靠，看向窗外，透过蒙着一层灰尘的窗户，隐约可以看到白色的雄鸡峰顶峰的轮廓。他用手慢慢擦了一下他的秃顶，挤出一口压抑的喘气，看着艾格尔的眼睛说：“给你八十先令，但是我希望，你以后会为了每一个先令而拼命工作。你会吗？”

艾格尔点点头。招工经理叹了一口气，然后说了一段艾格尔这辈子再也不能忘掉的话，虽然他当时并不理解这段话的意思。“你可以按小时买一个男人的时间，可以偷走他很多天的日子，甚至可以抢走他整整的一生。但是没有任何一个人能拿走一个男人的哪怕一个瞬间。就是这样的！现在请不要再打搅我了！”

第四章

从一出生开始你就一点接一点地在失去什么，一开始是一只脚趾，然后是一只胳膊；一开始是一颗牙，然后是整副牙齿；一开始是一点回忆，然后就是整个记忆，就是类似这样的，一直到某个时刻什么都没留下了。然后他们把你最后那部分剩余扔进一个洞里，填土埋起来，然后就完了。

在此期间，比特尔曼公司的施工队已经修建到高山林木线以上很远的地方了，他们在森林里留下了一道一千五百米长、某些地方甚至宽达三十米的伤疤。距离计划紧挨在卡尔莱特纳山峰下的山顶站还有大概四百米，但是这个地带非常陡峭，难以到达，最后一段索道甚至要跨越一块几乎垂直的山壁，而且那块山壁上面还顶着一块突出的岩石。

因为那块岩石的形状，当地人都称它为“巨人的头颅”。有很多天，艾格尔就悬挂在“巨人的头颅”下巴的正下方，往花岗岩里钻洞，然后往洞里拧进前臂那么粗大的支撑螺丝，这些螺丝以后要用来承托一道长长的金属梯子，梯子是给以后的维修工人用的。怀着一丝秘密的骄傲，艾格尔想象着那些某个时刻会攀登上这道梯子的男人。他们在爬梯子时不会想到，他们在这儿得以保全生命，全要归功于他的灵敏和技巧。

在短暂的休息时间，他会蹲在突起的岩石上，眺望下面的山谷。从最近几星期开始，那条老街被填高扩宽，并逐渐铺上沥青。在雾蒙蒙的蒸汽中他看到几个幻影似的男人，隔着这么远的距离，他们看上去好像都是悄然无声的，拿着鹤嘴锄和铁锹处理着滚烫的柏油沥青。

到冬天的时候，艾格尔是为数不多的几个名字还留在公司工资单上的人之一。他和另外几个男人一起，继续在森林里扩展林中道路，其中包括托马斯·马特尔，他凭借自己一生在森林里的经验证明了他对公司是极其有用的。

他们要把路上的石块、旧木头、散乱的根茎清除干净。他们经常站在齐腰深的大雪里，从冰冻的地面下把树根砍出来，而寒风会把冻成冰的、散弹丸一般的雪片刮到他们的脸上，以至于皮肤开始流血。工作时他们只进行最必要的交谈，中午休息时他们就沉默着坐在被积雪覆盖的杉树下，把绕在木棍上的麻花状面包伸进火里烘烤。

他们在森林里排成一列纵队，缓慢地前进。在暴风雪来临时，他们坐在岩石的背风面，向冻裂的手里呵着气。

他们就像动物一样，艾格尔想，就这样在地面上爬着，在离他们最近的树后面解决大小便，全身脏兮兮的，几乎和他们周边的环境没有区别了。

他经常想念在家里等着他的玛丽。他不再是孤单一人了，尽管这种感觉依然有些陌生，它却比他们燃起的篝火更能温暖他——他常常把冻得像石头一样硬的靴子插在篝火下灼热的、烧红的火灰里。

初春时，积雪开始融化，森林里到处响着神秘的滴水声和汩汩流水声。

艾格尔的工队里发生了一起事故。在砍伐一棵被雪块压弯的五针松时，随着一声尖锐的噼啪声，树干里的张力释放，一块一人高的碎片弹了出来。不幸的是，年轻的伐木工人古斯特尔·格罗勒赫尔已经把右臂高高地举过头顶，准备下一次砍击了，弹出的碎片把格罗勒赫尔的右臂打掉了。他栽倒在地上，怔怔地盯着自己的胳膊，那只胳膊躺在两米开外的森林地面上，手指还紧紧地抓着斧柄。

这一刻，一种怪异的寂静笼罩着整起刚刚发生的事件，好像整个森林都僵住不能呼吸了。

最终还是托马斯·马特尔第一个反应过来。“天啊！”他说，“这看起来很糟糕。”

他从工具箱里取出来一个平时用来剥树皮的金属线绳套，用尽全力把它套在格罗勒赫尔残余的胳膊上，深色的血从残端处喷涌而出。格罗勒赫尔号叫着，上身翻来翻去，最后失去知觉躺在那里一动不动了。

“我们马上就好了，”马特尔说着，把他擦汗用的手帕裹在伤口上，“没有人会这么快就把血流光死去的！”

有工人提议道，砍一些树枝，造一个担架；另一个人开始往胳膊的残余部分涂抹一些森林里的药草，可是很快就被别的人挤走了。最终大家达成一致，认为最好还是把受伤的格罗勒赫尔背下村庄，把他捆到一辆柴油车的装载台上，然后送去医院。

来自伦巴第的钳工把格罗勒赫尔从地上抱起来，把他像一个软塌塌的麻袋一样扛在肩膀上。

关于怎样处理那只被打落的胳膊也引起了一阵短暂的讨论。一些人认为，应该把它包好一起带下山，也许医生们还可以把它再缝上去；另外一些人反驳道，即使最好的医生也还从来没能把整整一只胳膊重新缝回去过，况且就算真的不知道用什么方式缝合成功了，它肯定也是松弛无力的，丑陋地晃荡在格罗勒赫尔身体的一侧，给他以后的生活带来麻烦。

最终还是格罗勒赫尔从昏迷中清醒过来后，自己结束了这段讨论。他在钳工的背上抬起头说："把我的胳膊埋在森林里吧。也许还能从里面长出一株金丝海棠来。"

其他的工友动身，带着曾经的伐木工人古斯特尔·格罗勒赫尔下山回村子了。艾格尔和托马斯·马特尔留在了事故地点，掩埋那只被打落的胳膊。胳膊下面的树叶和土地都因为沾了血而颜色发暗。他们把手指从斧柄上掰开的时候，它们感觉起来像是蜡做的一般苍白而冰冷。食指的指尖上停着一只黑漆漆的松天牛。

马特尔拿着那只僵硬的手臂，伸长胳膊把它举在面前，眯着眼睛打量着。"确实还是很奇怪的。"他说，"刚刚它还是格罗勒赫尔的一部分，现在已经没有生命了，不比一根腐朽的树枝更有价值。你怎么认为，现在的格罗勒赫尔还是那个格罗勒赫尔吗？"

艾格尔耸耸肩，“为什么不是呢？还是那个格罗勒赫尔，不过他现在只有一只胳膊而已。”

“如果刚刚那棵树把他的两只胳膊都打掉了呢？”

“即使那样也是，还是那个格罗勒赫尔。”

“如果刚刚，我们只是说如果，那棵树把他的两只胳膊、两条腿和半个脑袋都削掉了呢？”

艾格尔想了想，“大概他依然是那个格罗勒赫尔吧……在某种意义上。”忽然他自己也没那么确定了。

托马斯·马特尔叹了一口气。他小心地把那只胳膊放在工具箱上面，然后和艾格尔一起在地上掘了几铁锹，挖了一个洞。在这期间森林好像又开始重新呼吸了，他们头顶上的鸟也又开始欢唱了。天气有点凉，然而这时候，密布的云层忽然散开了，一缕缕颤动的阳光透过树叶照到地面上，开始让地面变得泥泞而松软。

他们把那只胳膊放进它小小的坟墓里，用铁锹铲土把墓埋上，一直到那几个手指最后也消失在土里。有一刻那几个手指像几只肥肥的黄粉甲虫幼虫一样突出在地面上，最后它们也不见了。马特尔翻出来他的烟草袋儿，把他自己雕琢打造的李木烟斗装满。

“死亡真是太糟糕的一件事了，”他说，“随着时间的流逝，人们会失去越来越多的东西。这个人快一点，另一个可能就持续得久一点。从一出生开始你就一点接一点地在失去什么，一开始是一只脚趾，然后是一只胳膊；一开始是一颗牙，然后是整副牙齿；一开始是一点回忆，然后就是整个记忆，就是类似这样的，一直到某个时刻什么都没留下了。然后他们把你最后那部分剩余扔进一个洞里，填土埋起来，然后就完了。”

“还会有一种寒冷，”艾格尔说，“一种可以吞噬人的灵魂的寒冷。”

老马特尔看着他，然后撇了撇嘴，从烟斗把儿边上一侧往那块作恶的松树碎片上吐了一口口水，碎片的边缘还沾着格罗勒赫尔的血，说道：“胡扯。什么都不会有的，没有寒冷，更没有灵魂。死了就是死了，就结束了。那之后什么都没有，也没有亲爱的上帝。如果有亲爱的上帝的话，那他的天国就不会该死的那么遥远！”

托马斯·马特尔是在九年后的几乎同一天去世的。他一辈子都希望自己能在工作时死去，然而他没能如愿。

他在公司营地上唯一的浴盆里洗澡时睡着了，那是一个把镀锌的铁凹陷起来做成的庞然大物，有个厨师收了一些报酬把它租给工人们当浴盆用。当他醒来的时候，水已经冰冷了，他就这样着凉了，再也没能恢复过来。

连续几天夜里，他浑身发着大汗躺在他的小木板床上，嘴里胡言乱语，不是说他已经离世很久的母亲，就是讲那些“喝人血的森林魔鬼”。

有一天早上他忽然起床了，说他已经好了，要去工作。他穿上裤子，走到门前，对着太阳抬起头，然后就一头栽倒在地上死了。他被葬在村庄墓园旁边那块陡峭的草地上，公司从村子里买下了那块草地。几乎所有在营地的工人都参加了他的葬礼，和他道别，仔细倾听了一位工长简短的悼词，悼词讲的是大山上辛苦的工作和马特尔纯净的灵魂。

到一九四六年比特尔曼公司宣告破产时，托马斯·马特尔是公司正式承认的，在运营期间死在工作岗位上的三十七位工人之一。

事实上，从三十年代缆车索道建设快速扩张开始，有远远多于这个数字的人为了修建索道而丧命。“每一个缆车车厢下都有一个冤魂。”马特尔在他生命最后几个夜晚里有一次说过。但是那时候其他人已经不怎么把他说的话当回事了，因为他们认为，持续的高烧已经把他最后剩余的一丝理智都从脑子里烧没了。

安德里亚斯·艾格尔在比特尔曼公司的第一年就这样过去了。万登山峰的一号空中缆车索道（这是官方名称，只有村长和游客使用。因为两个湛蓝的缆车车厢，尤其是它们扁平的车头很容易让人联想到村长夫人丽泽尔，当地人都称之为“蓝色丽泽尔”）在山顶缆车站举办的盛大开幕典礼中开始投入使用了。

一大群外来人，衣装典雅，穿着很薄的西装以及更薄的礼裙，挨着冻站在礼台上。牧师对着寒风呼喊着他的祈福，他的长袍在身体四周飘荡着，像一只寒鸦把自己的羽衣抖乱了一样。

艾格尔和他的工友分散着站在“巨人的头颅”下的山坡上，每一次看到礼台上的人们鼓掌时，他就把双臂高举起来，把他的欢欣鼓舞和振奋激昂欢呼出来。在他心里，感觉到一种独特的宽广和骄傲，他觉得自己是一桩伟大事情的一部分，这桩伟大的事情远远地超出了他个人的力量（包括他的想象力），而且他认为自己意识到了，它不仅将改善山谷里的人们的生活，甚至也将以某种方式把整个人类向前推进。

自从几天前“蓝色丽泽尔”在试运行时第一次成功地摇晃到高空后——虽然在向上滑行时轻微地一冲一冲，但是确实没发生任何故障——好像巍峨的群山都失去了一些它们原本永恒的宏伟壮丽。

接下来还会修建很多索道。公司几乎延长了所有工人的合同，汇报了将要总共修建十五条空中索道的项目计划。其中有一项令人惊叹的构造设计，他们准备用在露天下摇晃着的木椅，而不是缆车车厢，来运送游客和他们的背包以及滑雪板。艾格尔觉得这个设想有点可笑，但是他暗地里还是很钦佩那些工程师，他们可以在脑子里勾画出这么奇妙的东西。而且显然，不管是暴风雪还是夏天的酷热，都不能黯淡他们的信念，也不会混浊他们时刻擦拭得没任何瑕疵的皮鞋上的闪亮光泽。

艾格尔又活了半辈子后，或者说，将近四十年后，在一九七二年的夏天，他站在同一个地点，观察着他头顶上空高处当年的“蓝色丽泽尔”索道上那些银光闪闪的缆车车厢。它们平缓流畅地飘向山顶，索道发出的嗡嗡声轻到几乎让人听不到。在山顶平台上，车厢的门随着一声长长的呲呲声轻轻地打开，放出一堆来郊游的人。他们向各个方向涌去，像一群彩色的昆虫一样分散在山上的各处。

艾格尔对这些游客感到很恼火，他们就这样鲁莽地冲上大山，在碎石上到处攀爬，好像一直在试图寻找还隐藏着的奇迹。他很想在路上拦住他们，教训他们一顿，可是他其实又不知道到底要斥责他们些什么。

暗地里，他自己知道，实际上他是羡慕那些游客。他看着他们穿着运动鞋和短裤跳过岩石，让孩子骑坐在自己的肩膀上，向着他们的照相机欢笑。而他只是一个老人，没有任何用处，一定程度上还能挺直腰杆走路就很高兴了。

他已经在这个世界上活了那么久了，他看到了世界是怎样变化的，怎样好像一年比一年转得更快。他感觉自己好像就是一个残余品，来自一个早已被埋没的时代；像一棵带刺的野草，只要可以，就把自己向着太阳的方向伸展。

山顶缆车站开幕典礼后的数个星期、几个月是安德里亚斯·艾格尔一生里最幸福的一段时光。他把自己看作那台名叫“进步”的巨大机器里的一个小小的、但也完全不是那么不重要的轮子。

有时候睡觉前他会想象，那台大机器势不可挡地在森林和群山中为自己开辟着道路，而他就坐在机器的肚子里，在他自己汗水的热量中，为这台机器的持续前进贡献着他的力量。

“在他自己汗水的热量中”这几个字，是他在一本已经翻旧了的杂志上看到的。玛丽在客栈的一条凳子下捡到这本杂志，有的晚上她会从中给他读一些片段。除了五花八门的各种阐述，如城市流行趋势、维护保养花园、饲养小动物和普世道德观，那本杂志上还有一个故事。

故事讲的是一位没落的俄罗斯贵族和他的爱人：他的爱人是一个农民的女儿，有着特殊的天赋。为了躲避几个因狂热激进、信奉宗教而变得盲目的村中要员的追捕——其中包括她的亲生父亲——他们两个不得不在冬天乘坐马车穿越半个俄罗斯，把她送到安全的地方。故事最终是悲剧结局，含有很多所谓的浪漫情节，玛丽在读这些情节的时候，声音里有着几乎难以察觉的颤抖。这些情节在艾格尔心里则引起了奇怪的混合着厌恶和着迷的感情。他仔细地倾听着从玛丽嘴里念出的句子，同时感觉到一种燥热在他的被子下慢慢地蔓延开来，他感觉这股热量好像很快就会填满整个小木屋。

“没落贵族和农民的女儿乘坐着马车，疾驰在积雪覆盖的大草原上。后面紧跟着追赶他们的人的‘哒哒’马蹄声和怒吼声，女孩充满恐惧地扑到伯爵怀里，用她在旅途跋涉中弄脏了的裙子的边缘擦拭她的脸颊……”每当艾格尔听到这里的时候，他都再也不能控制自己，他会把身上的被子挣脱掉，睁着像着了火的眼睛，望向屋顶横梁下飘忽不定的昏暗处。

然后玛丽会小心翼翼地把杂志放到床下，把蜡烛吹灭，在黑暗里轻声说：“来吧。”

而艾格尔都会听从。

一九三五年三月底的一天，日落后，艾格尔和玛丽坐在门槛上，望着脚下的山谷。

最近几星期下雪很多，但是从两天前开始，忽然降临的温暖预示了春天将要到来。雪到处都在融化，他们屋檐下的小燕子已经会把喙从燕巢边探出来。从早到晚，燕子父母一直用鸟喙衔着各种虫子飞回它们的幼儿身边。

艾格尔说："它们的鸟粪合起来都够砌一个新的地基了。"

可是玛丽很喜欢这些鸟儿，她把它们看作是飞舞着的吉祥物，认为它们能保护房子避开邪恶。于是艾格尔也就跟这些鸟屎妥协了，鸟巢也就还留在那儿。

艾格尔用目光扫视着村庄和另外一侧的山谷。很多房间的窗子里已经亮起了灯。

山谷里通电已经有一段时间了。有时候，在这儿或那儿，可以看到一位老农民在他的小屋子里，坐在一盏灯前，诧异地瞪着那团明亮炽热的光。

公司营地里的灯都已经亮了，烟雾从纤细的铁管里冒出来，几乎垂直升向覆满云层的夜空。远远看去，云朵像是被很细的线固定在屋顶上，像巨大的、奇形怪状的气球悬挂在山谷上。

“蓝色丽泽尔”的车厢静静停在那儿，艾格尔想到那两个维修工人，这一刻一定正拿着他们的小油壶在机械室里来回爬着，往齿轮组上抹润滑油。另一条缆车索道已经竣工，第三条索道也在相临的山谷里开工了，将在森林里开辟一条林间道，比前面两条加在一起还长还宽。

艾格尔看着自己的那一小块地，铺满白雪，在他面前顺着陡峭的山坡向下铺展开来。他感到一小波温暖的满足感在心里升腾起来，他很想跳起来，向世界大声喊出他的幸福。可是玛丽那么安详沉静地坐在那儿，于是他也就坐着没起来。

“也许我们可以再多种一些蔬菜，”他说，“我可以把花园扩大一些，我是说在我们的房子后面，可以种些土豆、洋葱什么的。”

“好的，那肯定不错，安德里亚斯。”她说。

艾格尔看着她，他不记得她以前也用他的名字称呼过他，这是第一次，感觉有点奇怪。

她用手背短暂地擦了一下额头，他把目光移走了。

“还得看看，那些东西在这样的土壤里能不能生长。”他说着，并用鞋尖向冰冻的泥土里打着钻。

“它们会生长的，而且会长成很棒的东西。”她说。艾格尔又看向她。她向后微微靠着，在大门的阴影里几乎看不清她的脸，只能隐约看到她的眼睛，像是黑暗中两滴剔透闪亮的水滴。

“你怎么这样看着？”他轻声问。

忽然他觉得有一些压抑，他坐在那儿，挨着这个女人，她是那么熟悉同时又那么陌生。她把上身往前凑凑，双手放到腿上。他觉得这双手显得异常柔软白嫩，很难想象，这双手几小时前还在用斧子砍柴。他伸出一只胳膊，碰了碰她的肩膀。虽然他的眼睛还在盯着玛丽腿上的白皙双手，但他知道，她在微笑。

那天晚上，艾格尔被一阵奇怪的声音唤醒了。其实他更像是感觉到了那个声音，像一阵轻柔的低声耳语，环绕在墙的四周。他躺在黑暗里，仔细地听着。他能感觉到身边的妻子的体温，听到她轻微的呼吸声。最后他起来走到外面，炽热而强劲的焚风[1]迎面扑来，几乎把他手里的门拽走。夜空上黑色的云快速翻腾涌动着，云团之间不时露出一块苍白的、不成形的月亮。

艾格尔拖着沉重的脚步沿着草地向上走了一段，雪又湿又重，到处能听到融化的雪水汩汩流动的声音。他想着关于蔬菜的事情，以及除此之外还应该再做些什么。这块土地不会带来很好的收成，但是应该也足够了。他们或许还可以养一只山羊，或者一头母牛，他想，这样他们就有鲜奶了。

他停在那儿站着不动了。他听到高处的某个地方传来一阵声响，好像大山内部有个什么东西随着一声叹息炸裂开了。接着他听到深沉的、逐渐加强的隆隆声，瞬间后他脚下的大地就开始颤抖了。他忽然觉得很冷。仅仅几秒钟内，那阵轰隆声就变得响亮而有穿透性。

艾格尔一动不动地站在那儿，感受着大山的悲唱。

1 Föhn wind，焚风，或称烧风，来自拉丁语中的 favonius（温暖的西风），德语中演变为 Föhn，主要指阿尔卑斯山脉背面的干热风，往往以阵风形式出现，从山上沿山坡向下吹。几乎所有的山脉都有类似的风，叫法也各有不同。

然后他看到，离他大概二十米的地方，一个巨大的、黑色的东西无声而快速地滚过。他还没反应过来那是一个树干，就开始跑起来了。他穿过深深的积雪，向家的方向跑去，呼喊着玛丽，但是下一刻他就被什么东西卷向了高处。他感到自己被卷走了，在被黑暗的浪涛淹没前，他最后看到的是自己的双腿，它们在他身体上面高高举向天空，好像与身体其他部分失去了联系似的。

当艾格尔醒来的时候，乌云已经散尽，月亮皎洁明亮地悬挂在夜空中。四周的群山耸立在月光里，冰封的山脊看起来像是金属片打造的，那么锋利、清晰，好像要把天空刺碎。

艾格尔歪斜着躺在地上，他的头和胳膊可以动，但是他的腿一直到腰部都深深地陷在雪里。

他开始挖起来。他用双手把他的腿从雪里铲刨、抓刮出来。当他的腿完全被解放出来的时候，他惊讶地看着自己的双腿躺在身前，像两块木头一样冰冷陌生。

他用拳头敲打着大腿，喊道：“千万不要现在这个时候离我而去啊！动起来啊！”

当疼痛终于随着血液涌向双腿时，他发出了一阵沙哑的笑声。他试着站起来，可是马上又跌倒下去。他咒骂他那没用的腿，咒骂他的整个身体，他现在比一个小孩子的身体还虚弱。

“快点，快起来！”他对自己说。

他又尝试了一次，终于成功地站了起来。

附近的地方完全变了样。雪崩掩埋了树木和岩石，铲平了大地。从山上滑下来的雪块像一个巨大的毯子，铺在月光照耀着的大地上。他试着靠大山来辨认方向，就他能认清的那些来看，他应该是在他的小房子下方大概三百米的地方，而上方那个雪堆积起的丘陵后面应该就是他的小房子。

他马上就动身了。可是他走得比预想的要慢。雪崩带下来的雪很难估量深浅松实，刚刚踩到的雪还像石头一样硬，好像和大地紧紧连在一起似的；仅仅两步后，脚下的雪就像绵白糖一样松软，是粉末状的。他感到剧烈的疼痛。他尤其担心那只直的腿，感觉大腿上好像插了一根铁刺，每走一步都更深地扎进肉里。

他想到那些小燕子，希望冲击波没有伤及它们，毕竟燕子窝建在一块保护得很好的地方，而且他把屋顶修得很牢固。不过他还是要把下面的那些横梁再加固一些，房顶也要用石头再加重些，为了保护房子的背面，他要在山坡里挖一个深坑，在里面用相互嵌合的岩石块儿砌一堵支撑墙。

“那些石头一定要很平整！”他对自己大声说。

他停下来，短暂地站了一会儿，努力听着，但是几乎听不到任何声音。焚风已经消失了，只有些许非常轻微的小风吹拂在皮肤上，有点发痒。

他继续前进，身边的世界一片死寂。有那么一刻他感觉自己好像是地球上的最后一个人，至少是山谷里的最后一个人。他不由得笑了。“真是胡说！”他说，继续往前走。

那座雪堆积成的丘陵下的最后一段路很陡，他只能手脚并用爬上去。手指下的雪是松脆的，而且他感到雪惊奇得温暖。他腿里的疼痛现在也奇怪地消失了，但是在他的骨头深处还藏着那种寒冷，而且他感觉他的骨头像玻璃一样轻、一样易碎。

“我马上就到了。”他对自己说，或者是对玛丽，或者随便哪一个人。可是，就在这一瞬间，他明白了，没有人能听到他说的话了。

当他终于把上身拖上小丘顶部时，他放声痛哭起来。他跪在雪里，俯视着月光照耀着的那块平地，他的家原来就在那块平地上的。

他向四周的寂静里大声呼喊着妻子的名字："玛丽！玛丽！"

他站起来，漫无目的地在那块地方来回走着。在齐膝深的一层粉末状的雪下面，雪又平又硬，像是被碾子压过似的。地上到处散落着屋顶的瓦片、石块和碎裂的木头。他认出了他的雨水桶的铁环，紧挨着的是他的一只靴子，在一个略微鼓起来一些的地方，一段烟囱从地面上突起来。

艾格尔又走了几步，走向他猜测应该是家门口的方向。他跪在地上，开始用手挖。他挖到双手开始流血，挖到身下的雪开始被鲜血染成深红色。一个小时后，他挖了大概一米半深，当他受伤的手指触摸到一根被雪崩砸碎的房梁后，那房梁好像用水泥被封在里面了一样，他不再挖了。他坐起来，抬头望向夜晚的天空，然后上身向前扑倒，脸扑进浸满他鲜血的雪里。

各种分散、零碎的传说和报道用了几星期的时间才拼凑到一起，那天晚上的事故终于在村民们脑中明了起来。

雪崩是在夜里两点半开始的，在高山牧场山峰下大概五十米的地方，一块庞大的雪块从雪檐[1]下脱落，在重力的作用下，从山上翻滚下来。因为断裂处几乎垂直的地形，雪崩的速度极为迅猛，冲下山谷的沿途留下一道毁灭性的痕迹。

雪堆轰鸣着，紧擦着村庄后面的出口而过，一直到山谷对面的山坡上才停下来，并在那里引起了一场小规模的次生雪崩。次生雪崩最北端甚至蔓延到了比特尔曼公司的营地，一直到离托马斯·马特尔的旧浴缸前只有一臂距离的地方才停了下来。雪崩把森林里的树木连根拔起后卷走，留下了一道深深的洼地。洼地一直延伸到村子池塘边上的小山岗。

村民们说他们听到了一声低沉的爆炸声，紧跟着的

1 雪檐，一般在山脊背风的地方，由冻结的积雪逐渐累积而成，像房子的屋檐。雪檐，由此得名。一旦雪檐的自身重量超过雪檐的抗断强度，雪檐便自行崩塌，从而引起下面山坡上雪的塌落。

是呼啸声或汹涌翻腾声，听起来像是一个庞大的牲畜群从山上冲下，快速靠近村庄发出的沉重脚步声。窗子在巨大的冲击波下颤抖，圣母玛丽的雕像和耶稣十字架从墙上掉下来。

人们惊慌失措地逃离他们的房子，跑到街上，蜷缩着低下头。他们的上空，细雪粉末构成了一层云雾，好像要把星星都吞了似的。人们聚集在教堂前面，女人们低声地祈祷，伴随着雪崩慢慢结束的轰鸣声。扬雪形成的云雾缓缓地降落下来，把一切都覆盖在一层精细的白雪下面。

山谷里笼罩着一片死寂，村民们知道，现在雪崩已经结束了。

损失惨重，甚至远远严重于一八七三年的那场大雪崩造成的损失。村里最老的几个人说他们还记得那次灾难，刻在奥柯弗莱讷农庄的家族祭坛上的十六个十字架，是纪念在那场灾难中去世的十六个灵魂的沉默作证。

四个农院，两个大的干草仓库，村长家在山林溪流边上的小磨坊，还有五间工人的木板房，以及比特尔曼公司营地的一个厕所，都被雪崩完全毁坏或者至少很大程度上破坏了。十九头牛、二十八只猪、无数的鸡还有村里仅有的八只绵羊都牺牲了。

人们用一台拖拉机或者仅仅用手把这些开始腐烂的动物尸体从雪里拉出来，与那些化为废墟不能再使用的木材一起烧了。好几天，空气里一直飘着被焚烧的肉的味道，掩盖了春天的气息。

春天终于到来了，雪堆融化了，这场灾难的整体规模也终于浮现出来。然而村民还是在周日一起走进教堂，感谢上帝的仁慈。因为只有用上帝的恩典才能解释，为什么雪崩只带走了三个人的性命：年迈的农民夫妇西蒙和黑德维希·约纳赛尔，他们的房子完全被雪覆盖住了，当人们清理到他们卧室时，才找到了他们。他们在床上紧紧拥抱在一起，脸贴在一起，是窒息死亡的，和客栈的女工玛丽·赖泽恩巴赫尔——安德里亚斯·艾格尔年轻的新娘——一样。

灾难当晚就紧急组成了搜救队，搜救队的男人发现了艾格尔被大雪吞噬的房子，找到他时，他蜷缩成一团，躺在他徒手挖掘的一个雪洞旁边。艾格尔后来听别人说，那些救援的人走到事故地点时，他已经一动不动了，没有人会用哪怕一先令打赌，这副躯体里还贮藏着生命。

艾格尔不记得他被营救的任何细节了，但是一直到他生命的最后一刻，他都不能忘记那个梦幻的画面，在画面里几个火把从夜晚的黑暗里显现出来，它们像幽灵一样慢慢地、摇摆着向他走来。

玛丽的遗体在找到后被运送出来，安放在教堂里约纳赛尔夫妇的遗体旁，然后被抬到位于村子墓园的墓地上。

葬礼在明亮的阳光下举行。填埋堆积起来的土地上，第一批大黄蜂已经在嗡嗡地飞了。

艾格尔坐在一个凳子上，因为悲伤而麻木、呆滞，他接受着大家的哀悼，却听不懂人们在向他说些什么。他们向他伸来的手，他感觉像是某种陌生的东西。

接下来的几个星期，艾格尔都住在金岩羚羊客栈。大多数时候他都躺在床上，他的小房间在洗衣房后面，是客栈店主给他提供的。

他腿里的骨折断裂恢复得很慢。因为正骨师阿洛伊斯·克拉默赫几年前已经去世了（恶性肿瘤把他的上腭、半个下腭和脸颊上的肉都腐蚀了，以至于最后人们可以从他敞开着的脸上像透过打开的窗子似的看到他的牙齿），只能烦劳年轻的社区医生，他在上一个季节刚刚来到村子里，主要靠越来越多的徒步和滑雪的游客们脱臼、扭歪或者折断的四肢来营生。

比特尔曼公司支付了医生的酬金。艾格尔的双腿被围上了亮白色的石膏绷带。第二个星期末，他的背后被垫了一个厚厚的干草枕头，他可以坐起来，用杯子喝牛奶了，在这之前他只能用一个陶碗慢慢地吸吮牛奶。第三个星期后，他的身体已经恢复了很多，每天中午店主和店里吧台的小伙子可以用粗羊毛毯子把他裹起来，从床上抬起来，搬到门外的桦木长凳上，让他坐在那儿。从那里他可以看到原来他的房子所在的山坡，现在看起来仅仅是一堆被春日的暖阳照耀着的乱石堆而已了。

五月底左右，艾格尔请厨房的男孩给了他一把磨快的砍肉刀。他用刀在他的石膏绷带上到处切切砍砍，直到他把两边的石膏都“啪嗒”一声敲成两半，把腿露出来。他的两条腿又细又白，像两根去了树皮的棍棒躺在床单上。他觉得这两条腿的样子，比几星期前刚从雪堆里把它们拉出来时僵硬、冰冷的样子，几乎还要更奇怪。

几天的时间里，艾格尔只是拖着他虚弱的身体在床和桦木长凳之间来回移动。直到有一天，他终于感觉到，双腿又属于自己了，也有足够的力气支撑他走远一点的距离了。

几星期以来他第一次又穿上裤子，动身向他的那块地走去。他穿过被雪崩夷为平地的森林，抬头望向挂满小朵的、圆形云彩的天空；他低头看着地面上在树木残余和被拔出的树干间到处长出来的花朵，白色的、卵黄色的、还有闪亮的蓝色的。他努力尝试着把这一切仔细地看清楚，为了以后能记住它们。他很想去理解到底发生了什么，但是，当他几小时后来到他那块地上，看到满地散落的房梁和木板时，他明白了，没有什么需要去理解的。

他坐到一块石头上，想着玛丽。他想象着，那天晚上发生了什么，他眼前浮现出了恐怖的画面：玛丽坐在她的床上，腰挺得笔直，两只胳膊伸在被子上，睁大双眼，仔细地倾听着四周黑暗里的声音，仅仅一秒钟后，雪崩就像一个巨大的拳头打破墙壁，把她的身体撞进了冰冷的泥土里。

第五章

这里呼啸的风那么响，把轰炸机的轰鸣声和高射炮的低沉的爆炸声都盖过了。然而这所有的一切都还是不能把寒冷挡在外面。严寒好像能从每个针缝里钻进来，钻到衣服下面，钻到皮肤下面，然后紧紧抓住身体里的每一丝纤维。

秋天时，在雪崩过去差不多半年后，艾格尔离开了山谷，随着公司去了新的工地。当然，伐木一类的重活他是不能再干了。

“我们该让一个像你这样的人做什么呢？”艾格尔无声地、一瘸一拐地踩在地毯上走过来，垂着头站在书桌前之后，招工经理问道，“你已经什么都不适合做了。”

艾格尔点点头。

招工经理叹了一口气。“你妻子的事情我感到很遗憾，”他说，“但是，千万别给我有这种想法，认为这和爆破作业有关。上一次的爆破是在雪崩的几星期以前！”

“我没这样想。”艾格尔说。招工经理把头斜过来，向窗外望了一会儿。

“还是你认为大山是有记忆的？”他突然问道。

艾格尔耸耸肩。

招工经理把身子向一侧弯去，“咳咳”地清了清嗓子，向他脚边的铁皮痰盂里吐了一口。“那好吧，”他终于说道，“比特尔曼公司现在为止已经建好了十七条缆车索道，你可以相信我，这些不会是最后几条。人们对站在滑雪板上从高山上滑下来爱得发疯。”

他用鞋尖把痰盂踢到书桌下面，严肃地看着艾格尔。“只有敬爱的上帝自己知道，为什么是这样的。”他说，“无论如何，索道需要维修，钢索需要检查，滑轮需要上润滑油，缆车的车顶需要保养等等。你现在不需要脚下一直踩着坚实的大地了，是吧？”

“我想是的。”艾格尔说。

“那就好。”招工经理说。

艾格尔被分到了一个由几个少言寡语的男人组成的小工组，他们长满胡子的、被山里的阳光晒得黝黑的脸上几乎不会显露他们灵魂的任何波动。

在封闭的货车里，他们大多数时候蹲在货舱的载货台上，沿着山间公路从一条索道开到另一条索道，现在已经有越来越多的山间公路被铺上沥青了。

他们负责索道的维修保养工作，这些工作因为工序太复杂，所以不能让当地的工人来完成。

艾格尔的任务是，坐在一个木头托架里，架子由一根保护绳索和一个可以手动制动的滑行装置固定在索道的钢索上，慢慢地滑下山谷，沿途清理钢索和支撑塔柱的链铰上的灰尘、结冰或者是已经干硬的鸟粪，再涂上新鲜的油。

这个工作没有人抢，因为有传言，前几年有两个工人——都是很有经验的高空作业人员，坠落下去摔死了。不知道是因为他们自己不小心，还是设备的材料缺陷，或者仅仅是因为风太大，有时候风能把钢索吹得向两侧来回摇摆几米。

但是艾格尔不害怕。他知道，他的生命就悬在一根细细的绳索上。只要他攀爬到支撑塔柱上，安装好滑行装置，钩好保护绳索的弹簧钩，他就感觉到自己的内心变得平静起来。他那些混乱、绝望的想法，像黑色的乌云一样紧紧裹着他的心，在高山的空气里能慢慢地、慢慢地消散，最后只剩下纯粹的悲伤。

很多个月，艾格尔就这样穿梭奔波在不同的山谷间，晚上睡在货车上或是便宜的、提供食宿的小公寓房里，白天就摇晃在苍天和大地之间。

他看到冬天慢慢笼罩在群山上。他在浓密的降雪中工作，用金属丝刷子把钢索上的冰刮下来，把支撑塔柱上长长的冰柱打下来，冰柱掉到他身下深深的山谷里发出轻轻的咔嚓声，或者是无声地被积雪吞没。

他经常能听到远处的雪崩发出的低沉的轰隆声。有时候雪崩好像在向他这里靠近，他抬头注视着山坡，希望能看到一滚白色巨浪，希望波浪会把他推倒，卷着他向下滚一段，并最终从他身上碾过去，连同索道的钢索、钢铁的塔柱和整个世界一起碾过。但是每次轰隆声都逐渐减弱、消失，然后又能重新听到寒鸦清亮的叫声。

春天，工地的行程又把他带回到了山谷。他在那儿待了一阵子，清理“蓝色丽泽尔”的林间道上从山上冲刷下来、淤积在路面的树木，修缮支撑塔柱地基上的小裂痕。

他又住在了金岩羚羊客栈，还是住在他的双腿受伤时住了那么多天的那个房间。每天晚上从山上回来时，他都累得筋疲力尽，坐在床边，匆匆吃掉他当天的食物。然后，只要他把头躺在枕头上，就会马上陷入沉沉的、没有梦的睡眠。

有一次半夜里，他在一种很奇怪的感觉中醒来，望向天花板下布满灰尘的窗子时，看到上面布满了无数的飞蛾。它们的翅膀在月光下看起来闪闪发光，用几乎听不到的、像“簌簌”地抖动纸似的声音拍打着窗玻璃。有一刻艾格尔想，它们的出现肯定预示着什么，可是他不知道这对他来说意味着什么。于是他就又闭上眼睛，试着再次入睡。不过是些飞蛾而已，他想着，几只愚蠢的小蛾子。他清早醒来时，它们已经不见了。

他在村子里待了几星期，就他看到的而言，村子已经很大程度上从雪崩灾难的后果中恢复过来了，然后他又离开了村子。这次他刻意没去看他的那块土地，也没有去墓园，那个桦木长凳他也没有再坐上去。

他继续在各个山谷间工作，悬挂在群山之间的空中，看着季节在他脚下走过，就像是一幅幅彩色的画面，那是对他来说没有任何意义、也跟他没有任何关系的画面。后来，在他的回忆里，雪崩后的那几年是一段空洞而缄默的时光。

在明朗秋季的一天，一卷磨砂纸从他手里滑落，像一只放肆的小山羊跳下山坡，直到它滑翔过一块突起的岩石，消失在深谷里。

很久以来，艾格尔第一次停下来，观察了周围的环境。太阳低矮地挂在天边，连远处的山峰都清晰可见，像是有人刚刚才把它们画到天空上。离他很近的地方有一棵孤零零的欧亚槭树[1]，满树明亮的黄叶；远一点儿的地方几头牛在牧地上吃草，抛在身后的瘦长影子随着它们一步一步地在草地上徜徉。一个圈养小牛的草棚下坐着一伙徒步的游客。艾格尔能听到，他们相互交谈着、欢笑着，他们的声音让他感到陌生，同时又很舒服。他想到玛丽的声音，他以前多么喜欢倾听她说话。他试着回忆她说话的旋律和音调，但是却怎么都想不起来。

"哪怕至少给我留下了她的声音啊！"他大声对自己喊道。然后他慢慢滑到下一个支撑塔柱，爬下去，动身去寻找那卷磨砂纸。

三天后的一个夜晚，艾格尔在湿冷的天气里刷了一

1　欧亚槭是欧洲最常见的枫树之一，在枫树家族中身材最为高大粗壮，树身最高可达四十米，直径可达到两米，寿命最长可达五百年。欧亚槭树叶变色后，颜色有金黄、橘红等。

天山顶缆车站的底座铆钉上的铁锈后，从货车的装载台跳下来，走进他和其他几个工人一起住的小膳宿公寓。

在回房间的路上，他经过了弥漫着醋腌黄瓜味道的公寓老板娘的小客厅。那位老妇人一个人坐在桌子前，把胳膊肘撑在桌子上，脸埋在双手里。她前面摆着一个很大的收音机盒子，平时这个时间里面应该播放着铜管乐或者是阿道夫·希特勒滔滔不绝的演讲。今天这个收音机却是静悄悄的。听到老妇人往手里吸着空气，轻轻地喘息着，艾格尔问道：“您不舒服吗？”

老板娘抬起头，看着他。她的脸上可以看到手指的压痕，苍白的几道，血很缓慢地又充回到压痕的地方。

“战争爆发了。”她说。

“谁说的？”艾格尔问。

“喏，广播说的。”老人说着，向收音机盒子投去敌视的目光。

艾格尔看到，她手伸向脑后，麻利地两下把发髻散开来。她长长的头发散在脖子后面，有些亚麻纤维的浅黄色。她的肩膀短暂抖动了一会儿，好像她马上就要啜泣似的。可是她只是站起来，走过他身边，穿过走廊，走到外面。一只脏脏的小猫迎接了她，绕着她的腿磨蹭打转了一会儿，然后人和猫就都从角落里消失了。

第二天早上艾格尔就奔上了回家的路，他要报名去服兵役。这个决定并不是他经过深思熟虑后做出的，它忽然就那么冒出来了，像是从远方传来的呼唤，艾格尔知道，他必须遵循这个呼唤。

他十七岁的时候就被征召去参加过入伍体检，但是那时候康茨施托克尔成功地提出了抗议。他说，如果人们想把他心爱的养子（这个养子也是家里最能干的劳力）从他怀里抢走，让他去给意大利人或者（更糟糕地）给法国人白白送死的话，必须先以敬爱的上帝的名义把他屁股下的整个农庄都给烧了。

那时候艾格尔暗地里对康茨施托克尔还是很感激的，虽然他的生命里没什么可失去的，但是毕竟还可以去赢取一些什么。现在不一样了。

因为天气不错，他决定步行出发。他走了一整天，晚上就在一个旧干草棚里睡觉，没等太阳升起来就马上又上路了。他仔细听着电话线发出的均匀的嗡嗡声，电话线最近才被绑到沿着马路的细长杆子上。他看到群山随着第一缕阳光从黑夜中显现出来，虽然他已经成千上万次观赏过这个宏伟的景观，可是这一次他感到一种独特的感动。他记不起来，在他的人生里，是否还曾经看到过这么美丽、同时又这么让人敬畏的景象。

艾格尔在村子里只停留了很短的时间。

“您太老了，而且您还是瘸子。”坐在金岩羚羊客栈的一张桌子边的军官说。桌子上铺了白色桌布，用一小面“卐”字旗装饰着。军官、村长和一位有点上年纪的打字员构成了征兵体检委员会。

“我想参加战争。”艾格尔说。

“您认为，国防军[1]会需要一位像您这样的人吗？”军官问道，“您到底把我们当成什么人了？”

“别傻了，安德里亚斯，还是回去继续工作吧。”村长说。这件事就这样结束了。打字员往那张一页纸的文件上盖了一个章。艾格尔又回到了索道的工地。

这之后不到四年，一九四二年十一月，艾格尔又站到了同一组征兵体检委员会前，不过这次他不是自愿来

1 Wehrmacht，字面意思是“防御力量”，指纳粹时期的德意志国防军。

的，而是被召集来的。他不明白，为什么国防军现在忽然又需要像他这样的一个人了。无论如何，时代好像是变了。

“您能做什么？”军官问道。

“我对大山很熟悉，”艾格尔回答说，“我能用砂纸打磨索道的钢索，往岩石里打洞！”

“那很好，”军官说，“您以前听说过高加索山脉吗？”

“没有。”艾格尔说。

“没关系，”军官说，“安德里亚斯·艾格尔，我在此宣布您可以参加兵役。您的光荣任务是去解放东部！”

艾格尔向窗外望去，外面开始下雨了，豆大的雨滴敲打在窗玻璃上，客房里暗淡下来。他从眼角处看到，村长慢慢地把腰弯在桌子上，低头怔怔地看着桌面。

艾格尔在俄罗斯一共度过了八年的时间，其中只有不到两个月是在战场前线，其余的时间都在战俘营里，战俘营位于黑海以北的大草原上的某个地方。虽然任务布置一开始看起来还是比较清楚的（他们的任务是，除了解放东部以外，还要确保油田安全，以及护卫和保养石油开采装置），但是几天后他就已经不能够确切地说，他为什么在那里，他到底为什么而战，或者是为了抵抗谁而战斗了。

在高加索山脉上漆黑的冬天的夜晚，山脊边的天际线上纷飞的炮火像闪闪发光的花朵正在绽放。它们的反光照在士兵们或是恐惧、或是绝望、或是冷漠麻木的脸上，在这样的夜晚，一切关于是否有意义的思考在萌芽状态时就已经被扼杀了。

艾格尔没有质问过任何事情。他只是执行命令，这就是他做的一切。另外，他的想法是，他的境遇本来有可能更糟。

在他到达高加索山脉仅仅几星期后，一天晚上他被两个沉默寡言、很明显对这一带地形相当熟悉的战友带到了一块海拔约四千米的狭长的岩石高地上。他应该在那儿待着，一直到他被召唤回去，其中一个上司向他解释说。一方面他要在岩石上打一排放炸药用的洞孔；另一方面他要警戒前沿阵线，甚至在必要时守护阵线。

艾格尔根本不知道他说的是哪个前沿阵线，也完全不知道这样一个阵线是什么意思，然而他对自己的任务也并没有不满意。两个战友给他留下了工具、一个帐篷、一个口粮箱，并向他承诺，每周会来送一次补给。

艾格尔把他自己的一切尽可能地安置好。白天，他在岩石上打很多洞，他必须把岩石上一层厚厚的冰打掉；晚上，他躺在帐篷里，努力在蚀骨的寒冷中入睡。他的装备里有一个睡袋、两条毯子、一双内衬毛皮的靴子，还有一件山地兵的厚绗缝夹克衫。另外，他把帐篷的一半搭建到了一个冰冻的雪檐里面，这至少能帮他挡一点风。

这里呼啸的风那么响，把轰炸机的轰鸣声和高射炮的低沉的爆炸声都盖过了。然而这所有的一切都还是不能把寒冷挡在外面。严寒好像能从每个针缝里钻进来，钻到衣服下面，钻到皮肤下面，然后紧紧抓住身体里的每一丝纤维。

生火是会判死刑的禁令。可就算允许生火，这块高地远远高于林木线，四处连一枝可以让艾格尔烧火用的小树枝也没有。有时候他会把那个小小的汽油燃烧炉点着，来加热他的罐头食品。可是那微小的火苗好像只是在嘲讽他，他的手指尖儿都被烧伤了，身体的其他部分却感觉到更寒冷。

艾格尔害怕夜晚。晚上他在睡袋里蜷缩成一团，寒冷把他的眼泪都冻出来了。有时候他也会做梦，混乱的梦，梦里充满了痛苦和追赶着他的鬼脸，那些鬼脸是从他的思想暴风雪中冒出来的。有一次他从梦中醒来，他梦到一个柔软的、灵活的东西钻进了他的帐篷，目不转睛地盯着他看。

“天啊！”他轻声地喊道，等着他的心脏慢慢地平静下来。他从睡袋里爬出来，走出帐篷。天空中没有一颗星星，漆黑一片。他的四周完全沉浸在黑暗中，悄然无声。

艾格尔坐到一块石头上，望向黑暗。忽然他又听到了自己的心跳声，在这一瞬间他意识到，他不是孤单一个人。他说不出这感觉是从哪里来的，他看到的只是夜晚的一片漆黑，听到的只是他的心跳。但是在外面的某一个地方，他感受到另外一个生命的接近。他不知道自己在帐篷前坐了多久，在黑暗里仔细听了多久，但是在第一缕苍白的光线照到山上之前，他就知道对面的人在哪里了。

形成高地西侧临界线的峡谷的另外一侧，离他直线距离大概三十米的地方，有一块岩石从崖壁上突出来，岩石的宽度几乎都不足以让一只山羊安全落脚。在那块岩石上，站着一个俄罗斯士兵，他的身影在清晨逐渐增强的光线里快速清晰起来。他就那样站在那儿，不可思议地一动不动，望着艾格尔。

艾格尔依然坐在石头上，不敢有任何动作。那位士兵很年轻，有着城市男孩的乳白色脸庞，他的额头光滑而雪白，眼睛长得有些独特的歪斜。他带着一把没有刺刀的哥萨克枪，用一个皮带挂在肩膀上，他的右手平静地放在枪柄上。

俄罗斯士兵看着艾格尔，艾格尔也看着他，他们的四周除了冬天高加索山上早晨的寂静以外什么都没有。那之后艾格尔也说不清，他们两个谁先动的。不管怎样，俄罗斯士兵的身体猛地动了一下，艾格尔站了起来。俄罗斯人把他的手从枪柄上拿下来，用袖子擦了擦额头，然后就转过身，向高处爬了几米后在岩石间消失了，迅速而灵巧，一次都没有回头。

艾格尔继续在那儿站了一会儿，思考着。他明白刚刚是他的死敌站在对面，可是在敌人消失后，他却感到了比之前更深的孤单。

最开始一段时间，两个战友如约几天来一次，来添补他的口粮储备，必要的时候还带来了几双羊毛袜子、一个新的凿岩钻头以及前线的一些消息（战斗还在持续进行着，有失败也有胜利，总之人们并不完全知道具体情况）。

几星期后，他们连续几次没来，一直到十二月底——按艾格尔的计算，他每天在一块冰面上用打孔机刻一道线来记日期，应该是第二个圣诞节假日——他第一次开始怀疑他们大概不会来了。又过了一周，在一九四三年的一月一日，当他还是没有看到任何人影时，便决定在浓密的暴风雪中启程返回营地。

他沿着大概两个月前来时的路往回走，没过多久，就看到了“卐”字旗熟悉的红色迎面闪亮着，他心里轻松了下来。然而还不到两秒钟，他突然一下子清楚了，那些插在他面前的地上作为营地边界标记的旗子，根本就不是“卐”字旗，而是俄罗斯苏维埃联邦社会主义共和国的旗帜。

这一刻艾格尔完全依靠他的镇定沉着保住了性命，他立刻把背上的枪拉扯下来，尽可能远地抛出去。他看着那杆枪随着沉闷的声音消失在雪地里，仅仅一眨眼的工夫，他听到了向他跑来的哨兵的呼喊声。

他把双手举起来，跪倒在地上，低下头。他感到脖子后面被人打了一下，然后就向前扑倒下去。他听到在他上方响起深沉的俄语的声音，那些他听不懂的声音像是从另外一个世界传来似的。

艾格尔和两个战俘一起在一个木头箱子里蹲了两天，那箱子是草率钉起来的，用毛毡密封，长和宽各约一米半，只有不到一米高。大多数时间他都透过一个缝隙观察着外面，想通过外面的动静看出一些蛛丝马迹，来推测俄罗斯人的计划或者自己的未来。

第三天，木箱的钉子终于随着刺耳的声音被拔了出来，一面木板向外倒下去。

冬天明亮的阳光格外刺眼，以至于他担心眼睛再也睁不开了。过了一会儿他倒是能睁开眼了，不过这刺眼的明亮的感觉，让他觉得好像黑夜都充满了耀眼的光芒，这种感觉一直到他战俘生活结束后很久都还留在他心里，返乡很多年后才彻底消失。

艾格尔和一堆被赶在一起的俘虏被送到在伏罗希洛夫格勒[1]附近的一个战俘营。他们在一辆货车敞开的装载台上，度过了运送途中的六天时间。

那是一段可怕的旅途。

他们穿过寒冷的白天、冰冷的黑夜，驰行在黑暗的、被炮火撕碎的天空下，在辽阔的雪原上，冻僵的人和马的四肢朝天，从雪地的犁沟里突露出来。艾格尔坐在装载台后面的边缘，看着路边无数的木十字架，想到了玛丽给他读过那么多次的那本杂志，想着那里面描写的冬天的风景与他眼前这个冰冻的、受伤的世界是多么的不同。

战俘中一个矮小、敦实的男人，头上裹着磨破的粗羊毛毯子来试图御寒。他说，那些十字架根本没有它们看起来那么悲伤，它们只不过是指向天堂的引路牌。他叫赫尔穆特·默艾达赦尔，很喜欢笑。他笑迎面打在他

1 伏罗希洛夫格勒，即卢甘斯克，在 1935—1958 年间和 1970—1990 年间被称为伏罗希洛夫格勒，以纪念苏联元帅伏罗希洛夫。

脸上的雪花；他笑像砖瓦一样硬的面包边儿，它们被从麻袋里直接倒在货车装载台上。

他边笑边说：“更应该用这面包去盖些像样的房子。”他的笑声如此之响，连两个俄罗斯守卫也跟着一起笑了起来。

有时候他向路边的老妇人们挥挥手，她们在冰雪覆盖的尸体上寻找还可以穿的衣服或者是食物。

“如果已经在开往地狱的路上，那就应该和魔鬼一起笑着去，”他说，“笑笑又不辛苦，还能让整个事情更容易忍受些。”

赫尔穆特·默艾达赦尔是艾格尔在伏罗希洛夫格勒看到的一长列去世的人里的第一个。在到达的当天晚上，他就开始发高烧。在战俘营房里，好几小时都能听到他试图用毯子压抑住的呼喊声。第二天早上人们发现他已经死了，躺在一个角落里，半裸着，缩成一团，两只拳头抵在额头两侧的地方。

几星期后，艾格尔就不再数去世的人数了。那些死了的人被埋在营房后面的桦树林里。在这里，死亡就是日常生活的一部分，就像霉菌是面包的一部分。人们死于发烧，死于饥饿，死于营房墙壁上的一条缝隙，冬天的寒风通过那缝隙呼啸而进。

艾格尔被分在一个一百来人的分队。他们在森林里或者草原上工作，砍伐树木，用野外的乱石修建低矮的墙，帮着收获土豆，或者是埋葬前一天晚上去世的人。

冬天，他和大概两百个人一起睡在营房里。一旦气温允许了，他就躺到外面一堆秸秆堆上去睡。有一天夜里比较暖和，电灯不小心被打开后，他看到无数的臭虫从房顶上窸窸窣窣地爬出来。从那以后，他就宁愿睡在露天下了。

关于战争结束的消息，艾格尔是在一个集体厕所里听到的。他正蹲在粪坑的一块木板上，四周嗡嗡飞舞着一群微微发绿光的苍蝇。忽然厕所门被拉开了，一个俄罗斯人把头伸进来，用德语咆哮着："希特勒坏了[1]！希特勒坏了！"

艾格尔只是静静地蹲在那儿，没有回应，于是那个俄罗斯人把门又撞上，大笑着走掉了。外面好一会儿都

1 原文为"Hitler kaputt"，字面意思为"希特勒坏了"。原文是俄罗斯人讲出的德语，所以用词不精准。

能听到他逐渐变轻的笑声，然后开始响起警笛的鸣叫。

过了还不到三星期，艾格尔就把那个警卫的狂喜和他自己由此产生的希望又忘了。

战争已经结束的事实虽然毋庸置疑，但是这对战俘营的生活还没有产生任何可以感觉到的影响。他们还在做同样的工作，小米汤甚至比从前还稀薄，苍蝇们也依然无动于衷地继续绕着厕所的横梁飞舞。

而且，战俘中很多人认为，战争的结束有可能只是暂时的。也许希特勒确实是“坏了”，他们争论着说，但是每一个疯狂的头脑后面，都有另外一个更加疯狂、更加糟糕的头脑在时刻准备着，最终一切又会重头再来一遍，不过是时间问题。

在一个异常温和的冬天的夜晚，艾格尔裹着被子坐在营房前，给他死去的妻子玛丽写了一封信。他在一个被烧毁的村庄里做清理工作时，发现了一张几乎完好无损的纸和一支铅笔头，他用很大的、潦草歪斜的字母慢慢写道：

我亲爱的玛丽，

我正在俄罗斯给你写信。这里没有那么差劲，有工作也有吃的。这里没有大山，天空比人能看到的还要辽阔。只是这儿的寒冷很糟糕，这儿的寒冷跟家乡的不一样，是另外一种寒冷。如果现在我有一个小煤油麻袋就好了，像我曾经拥有那么多的那样的麻袋。但是我也不想抱怨，当我看着星星的时候，有些人已经僵硬、冰冷地躺在雪里了。也许你也在看星星吧。可惜我现在必须结束了，我写得慢，丘陵后面已经要天亮了。

你的艾格尔

他把信叠起来，折到不能再小，把它埋在脚下的泥土里。然后他拿起被子，走回了营房。

那之后差不多又过了六年，艾格尔在俄罗斯的时光才走到尽头。没有任何预兆，也没有正式释放他们的宣告。在一九五一年夏天的一个清早，所有的战俘被集中在营房前的广场上，被命令脱光衣服，把臭烘烘的衣服扔到一起，堆成一个大堆。衣服堆被浇上汽油点燃，他们吃惊地望着熊熊火焰，满脸惊恐，害怕被马上枪毙甚至会发生更糟糕的事情。而俄罗斯士兵们大笑着，大声交谈着，直到其中一个俄罗斯人拍了拍一个战俘的肩膀，拥抱了他一下，然后和这个赤裸的、枯瘦的鬼魅一样的人绕着火堆表演了一段可笑的双人舞，他们中的大多数人才逐渐意识到，这是一个美好的早晨。

穿上干净的衣服，每个人分到一块面包，离开战俘营，走路出发去最近的火车站，这一切都发生在一小时之内。

艾格尔走在队伍的后面几排。紧挨着他前面的是一个有着大大的眼睛，眼神里总是充满恐惧的年轻小伙子。刚走出几米，这个小伙子就开始狼吞虎咽地啃面包了。当他吞下最后一块面包后，又一次转过身来，看了一眼身后几千米外的战俘营，营房在耀眼的阳光下已经难以辨认了。他咧开嘴巴僵笑了一下，张嘴想要说些什么，却只发出了哽咽的声音，然后便开始哭了起来。他大哭着、抽泣着，大把的眼泪和鼻涕流过他脏脏的脸颊。其中一位高个子、满头白发、脸上有抓痕的年长一些的男人，走到那个小伙子面前，把一只胳膊环绕在他颤抖着的肩膀上，对他说，最好还是不要再哭了。首先，对他个人来说，这样大哭除了会把自己的衬衣领子湿透并不能带来什么好处；其次，这种哭嚷的传染性像罗斯河热病和鼠疫加起来一样强，他没有兴趣和一群哭哭啼啼的洗衣妇一起赶几千公里的路回家；况且，把眼泪省到回家再哭，这样应该也更聪明点儿，因为家里肯定有足够的理由让人号哭。

小伙子停止了哭泣，走在他身后、离他只有两步远的艾格尔很长时间还能听到他吸鼻子、深呼吸的声音，就着这个声音他吞下了自己的泪水和最后一点儿面包屑。

第六章

艾格尔为这些微小的、摇摇欲坠的水珠而感到惊叹，它们那么顽固地附着在草茎上，只为了最终某个时刻从草叶上掉下去，渗透在泥土里，或者是在空气中蒸发掉，消失于无形之中。

艾格尔返乡后的最开始一段时间，住在新建的学校后面一间用木板隔出来的房间里。在村长的善意支持下，村民把这个房间交付给了他。村长现在不再是纳粹了，他的窗前不再挂着“卐”字旗，又换回了天竺葵。

村子里也发生了很大的变化。村里的那条路更宽了，一天里面很多次、甚至经常间隔很短，就响起“哒哒”的马达声。冒着臭烟、丑陋、庞大的老式柴油货车也越来越少见。各种颜色的闪亮的小轿车，从山谷入口里风驰电掣般地驶进来，在村子的广场上，吐出郊游、徒步和滑雪的游客。很多农民家都出租客房，大多数的牲口棚里的鸡和猪也消失了，取而代之的是滑雪板和雪杖，雪蜡的气味也代替了猪屎鸡粪的臭气。

金岩羚羊客栈逐渐有了竞争对手，店主每天都因为对面新建起来的米特霍弗尔客栈生气。对面的客栈把房屋正面粉刷成黄绿色，大门上方挂着闪闪发光的“欢迎”的牌子，很惹人眼目。

金岩羚羊客栈的店主恨米特霍弗尔那个老家伙，他不愿意理解，一个养牛的农民怎么忽然想起来，把他的粪叉扔到角落里，开始给游客提供住宿，而不是打理他的牛。

“农民就是农民，一辈子也不会成为客栈店主！”他心想。但是暗地里他不得不承认，竞争并没有损害他的生意，反而使生意更活跃。

二十世纪六十年代晚期，当他作为一位枯木朽株的老人终于离世时，除了金岩羚羊客栈，他还留给独生女儿另外三家客栈、数公顷土地、位于原来的洛艾多尔特农庄牲口棚下的保龄球球道以及两份缆车索道的股份。这些让这位已经四十大几岁还未结婚、相当执拗的女人忽然成了山谷里最炙手可热的求婚对象之一。

艾格尔以沉默接受了所有这些改变。晚上他从远处听着，沿着山坡修建的支柱发出金属质感的吱吱嘎嘎声，现在人们称呼这样的山坡为“雪道”了。早上他经常被床头那堵墙后学校里孩子们的喧闹声吵醒。一旦老师走进教室，孩子们的吵闹就会戛然而止。他回忆着自己的童年，还有那为数不多的在学校的几年。那时候在学校的时光是那么长，在他面前没有止尽似的展开；现在看起来却是那么短那么快，好像只是眨眨眼的瞬间。

总之，他对时间的感知已经完全混乱了。过往好像朝着所有方向弯折。事情的经过在他的记忆中千回百转、相互交织混在一起，更确切地说，它们以独特的方式在他记忆中重新塑形，重新分配权重。

他在俄罗斯度过的时间远远多于他和玛丽一起度过的时间，但是他感觉，在高加索山脉和伏罗希洛夫格勒的那些年，好像并不比他和她在一起的最后几天长。

在对过去的回顾中，他多年修建缆车索道的时间好像只缩短成单独的一个工作季。可是他又感觉，他在牛棚栏杆上好像趴着过了半辈子，眼光落在地上，他小小的、白白的屁股撅起来对着夜晚的天空。

在返乡几星期后，艾格尔遇到了衰老的康茨施托克尔，他坐在一个摇摇晃晃的挤牛奶时用的小凳子上。从他身边路过时，艾格尔向他打招呼致意。康茨施托克尔慢慢地抬起头，过了一会儿，才认出艾格尔。

“是你啊，”他用老年人的那种沙哑的声音说，“偏偏是你！”

艾格尔站在那儿，观察着垂头丧气地坐在那儿的老康茨施托克尔。

康茨施托克尔黄色的眼睛正看着他，双手放在膝盖上，那双手已经像炉子里的干柴一样枯瘪，他的嘴半张着，好像牙齿已经掉光了。

艾格尔听说，他的两个儿子没能从战场回来，在这之后他曾试图在储藏室的门框上上吊自杀。有很多裂纹的木头没能承受住他的重量，于是康茨施托克尔侥幸活了下来。从那以后，这个年老的农民就在对死亡的向往中度过他的余生。

他看到死亡蹲在每一个角落。晚上的时候，他坚信，那永恒的平静会随着黑夜降临到他身上。然而每次第二天他还是醒来了，一天比一天病得厉害，一天比一天更加闷闷不乐，对死亡的向往一天比一天更痛苦地折磨着他。

“到我这儿来，”他说，像一只鸡似的往前伸着头，

“让我看看，你现在长什么样儿！”

艾格尔向他走了一步。

他的面颊已经瘦得凹陷下去了，以前乌黑发亮的头发现在只剩稀少的白色的几根，像蜘蛛网一样挂在他的头上。

“我这一生马上就快到头了，死亡不会忽略任何人的。”他说，“每一天我都听到它在向我走来，就在拐弯处了。可是每一次都不过是邻居家的一头牛，或者是一只狗，或者是一个从这里路过的人的影子。”

艾格尔的脚下像生了根，有一刻他感觉到，仿佛他又成了那个小孩子，而且他很害怕，怕这个老人会站起来，变成一座山那么大的巨人。

“今天就是你，”康茨施托克尔继续说着，“像你这样的一个人，就这样随便从角落里走来了，其他的人却哪儿都去不了了。这就是公平。我曾经是骄傲的康茨施托克尔，而现在看看我，看我成什么了：一堆腐朽的老骨头，里面的生气刚刚够不让这把骨头立刻散成灰尘。我一辈子都是挺胸抬头的，只有在敬爱的上帝面前才低下头，在其他人面前都绝不低头。敬爱的上帝是怎么感谢我的呢？把我的两个儿子带走，把我的血肉从我的身体上撕走。这还不够，这个禽兽还没有把我这个老农民的最后一滴生命榨干，他让我每天从早到晚坐在院子前等死。现在我把屁股都坐烂了，唯一向我走来的，就是几头牲口，几个影子，还有你，偏偏是你！”

康茨施托克尔低头看着他的手，以及他那干枯的、布满老人斑的手指。他的呼吸沉重，并发出轻轻的呼噜声。忽然他抬起头，同时快速地从他的腿上抽出一只手，抓住艾格尔的前臂。

“现在你能报仇了！”他喊道，声音因为激动而有些颤抖，“现在你能打我了！打我啊，你听到了吗？我求你了，打我吧！求你打死我吧！”

艾格尔感觉到老康茨施托克尔的手指紧紧地抓着他的胳膊，他的心里感到一种冰冷的恐惧。他挣开他的手，向后退了一步。

康茨施托克尔垂下手，静静地坐在那儿，眼光又投向了地板。

艾格尔转过身去，走了。

他沿着一条路走着，那条路在村子后面不远的地方就终止了，他在胃的位置感到一种奇怪的空洞感。在他内心深处，他为老康茨施托克尔感到难过。他想到那个挤牛奶时用的小凳子，他希望他是坐在一把椅子上，有一条温暖的毯子，但是同时他也希望他死去。

他沿着那条狭窄的高山小路继续走着，一直到了上面的皮希勒洼地上。这儿的土地柔软，长着深绿色的短短的草。草茎尖儿上的水滴轻微颤抖着，使整个草地都闪闪发光，好像撒满了晶莹的玻璃珠。艾格尔为这些微小的、摇摇欲坠的水珠而感到惊叹，它们那么顽固地附着在草茎上，只为了最终某个时刻从草叶上掉下去，渗透在泥土里，或者是在空气中蒸发掉，消失于无形之中。

康茨施托克尔在很多年后才得到解脱。二十世纪六十年代末的秋季的一天，他像个影子一样坐在房间里听广播，为了能多少听懂一点儿什么，他把上身深深地弯在桌子上，左耳朵压在喇叭上。在播音员报告一个管乐团音乐会的节目时，年迈的他忽然惊叫起来，用拳头反复砸着胸腔，随着金属质感的音乐节奏，失去生命的他最终身体僵硬地滑下椅子。

葬礼那天，天上下着瓢泼大雨，街道上的泥水没到脚踝，送葬队伍只能踩着泥水慢慢前进。

艾格尔，当时也已经是一个六十多岁的老人了，走在最后一排。他回忆着康茨施托克尔，他的一生一直都在把自己的幸福赶走。

在大雨中路过曾经是阿赫曼德尔农庄的小旅店时，里面传来了一个孩子响亮、异常清晰的笑声。其中一扇窗户裂着一道缝，透出亮光。在那个房间里，店主的小儿子坐在一台巨大的电视机前面，脸在电视屏幕前凑得很近。电视画面的反光在他额头上方跳动着。他用一只手围着电视的天线，另一只手高兴地笑着拍打着大腿。他笑得那么欢快，艾格尔透过雨帘都能清楚看到，他喷出的闪烁发光的一滴滴口水，飞溅到电视机屏幕上。他感到自己很有兴致，很想停下来，把额头靠到窗户上，和那个孩子一起笑。

但是送葬的队伍还在前进，压抑而沉默。艾格尔看着他前面参加哀悼的人高高耸起的肩膀，雨水集结成为股股细流，沿着他们的肩膀流下去。最前面的灵车颠簸着，在刚刚开始的暮光里，看起来像一艘船，而他们身后孩子的笑声也越来越轻了。

虽然艾格尔在他的一生里也做过相关的考虑，但是他从来没有买电视机。大多数情况下他没钱，或者没地方，或者是没时间，总之好像对这样一项投资，他缺少一切必要的前提条件。比如他几乎没有那种耐心，像大多数其他人一样可以连续几小时盯着那团摇曳的光。

他私下里想，长期这样下来人的目光肯定会变浑浊的，脑子也会被化掉的。然而电视确实给他带来了两个印象深刻的时刻。他一再从记忆深处里把它们翻找出来，并怀着一如当时的欣喜和震惊反复细细打量。

第一个这样的时刻，是他一天晚上在金岩羚羊客栈的后屋里经历的。那里最近一段时间开始有了一台全新的帝国牌电视机。艾格尔已经几个月没有去客栈了，因此当他走进客栈时感到很吃惊，因为他没有听到客人们以往的窃窃低语声，而是听到有点金属材质的、衬着轻轻的沙沙底音的电视声音。

他走到后面，有七八个人分散在几张桌子旁，着迷地盯着那个柜子大小的机器。这是艾格尔人生中第一次这么近距离看到电视画面，它们神奇地、理所应当似的在他眼前移动着，把另一个世界呈送到金岩羚羊客栈憋闷的后屋里，而他对那个世界至今没有一点概念。

他看到狭长的、高高耸起的房子，它们的房顶像是倒过来的冰柱一样伸进天空。纸屑从房子的窗户里飘落，如下雪一般。大街上的人们欢笑着、呼喊着，把他们的帽子扔向空中，好像高兴得要发疯了。

艾格尔还没能理解这一切的时候，屏幕上的画面像无声地爆炸了似的分散开来，不到一秒钟的时间后又重新连接在一起形成一个全新的画面：在几个木头长椅上坐着几个男人，他们穿着短袖衬衫和工装裤，在观看一个黑皮肤的、大概十岁的小女孩。

她跪在一个笼子里，轻轻挠着一头雄狮的鬃毛，狮子舒展开四肢躺在她前面，张开嘴打个哈欠，人们可以清晰地看到它的血盆大口，以及狮子嘴里的唾液拉丝。观众们鼓起掌来，小女孩紧紧地靠在狮子的身体上，有一刻看上去她好像要消失在它的鬃毛里了。

艾格尔笑了，更多是出于尴尬，因为他不知道当着其他人的面，在电视机前应该怎么做。他为自己的无知感到羞耻。他觉得自己像是个孩子一样，只能观望着成年人们令人费解的行动：一切都在某种意义上是有趣的，但是好像又没任何事情跟他有关系。

就是这时候，他看到了一个深深地触动了他内心的景象：一个年轻女人从一架飞机上走下来，那不是任意一个正在从窄窄的阶梯走下飞机跑道的女人，她是艾格尔在他的一生中看到的最漂亮的女人。

她叫格蕾丝·凯莉。在他听来这个名字是陌生的、闻所未闻的，但他同时又觉得这是唯一适合她的名字。她穿着一件短风衣，向聚集在飞机场的拥挤人群挥手致意。几个记者奔向她，在她回答他们气喘吁吁提出的问题时，阳光洒在她金黄色的头发和她细长的、皮肤光滑的脖子上。想到这样的头发和这个脖颈不是想象，而是真实的存在，在这个世界上的某个地方有人也许用手指触摸过、甚至可能是用整只手掌抚摸过它们，艾格尔不禁打了一个寒战。

格蕾丝·凯莉又挥了挥手，张大深色的嘴巴笑着。

艾格尔站起来，离开了客栈。他漫无目标地在村子里的街上逛荡了好一会儿，最后坐到教堂门口前的阶梯上。他看着脚下被一代又一代来教堂寻求救赎的人们踩平的地面，等着他的内心恢复平静。

格蕾丝·凯莉的微笑和她眼睛里的悲伤搅乱了他的灵魂，他不明白自己内心发生了什么。

他在那儿坐了很久，直到夜晚降临后，某一刻，他忽然意识到，已经很冷了，才走回家。

那是二十世纪五十年代末期。一直到很久以后，一九六九年的夏天，艾格尔才又一次通过电视经历了一件记忆深刻的事，虽然方式完全不同。

这个时期电视已经是大多数家庭的中心，甚至是晚上家庭集会最重要的活动。这次他和大约一百五十个村民一起坐在村里新建的市政厅的会议室里，观看两个年轻的美国人第一次登上月球。

几乎整个直播期间会议室都笼罩在紧张的安静中。尼尔·阿姆斯特朗刚刚把他的脚迈上尘土飞扬的月球表面，所有的人就开始欢呼起来，好像至少有那么一个瞬间，某一个负担从村民们沉重的肩膀上滑下来了。之后大人们得到了免费的啤酒，孩子们则可以喝果汁，吃油煎馅饼。

村议会的一个成员做了简短的演讲，讲了使这样的奇迹成为现实所需要付出的巨大努力，没人知道这些努力会把人类带向哪里。

艾格尔和其他人一样热烈地鼓着掌，前面电视里看起来像幽灵一样的美国人还在持续行动着，就在同一刻，那两个美国人正不可思议地在人们头顶上方的月亮表面散着步。

艾格尔感觉到，他和村民们，在这里，在下面，在夜晚中黑暗的地球上，在还散发着新鲜混凝土味的市政厅会议室里，以一种神秘的方式亲近着、相通着。

在从俄罗斯返乡到达村子的当天，艾格尔就出发去了比特尔曼公司的营地。如果他事先问了别人，就可以省下这趟了。木板房已经消失了，营地也被拆除清理了。只有遍地的水泥斑点，或长满野草的梁木显示出，以前有人在这里工作、生活过。当年招工经理坐在书桌后的位置上，现在开着白色的小花。

艾格尔在村子里打听到，公司在战争结束后很快就破产了。在战争结束前一年，最后几个留在工地上的工人就被调走了，因为公司响应了祖国那时候就已经很绝望的召唤，把生产内容从钢铁支柱和双钢索绞车转向了武器制造。

老比特尔曼，一个热诚的爱国主义者，第一次世界大战的时候就把一只前臂和一块右颧骨留在西线战地的一个战壕里了。他让工厂专攻制造卡宾枪的枪管和高击炮的球窝节。球窝节没有问题，但是弹仓的一部分在高温下会变形，这在前线引起了几次很严重的事故，也最终导致老比特尔曼坚信，他对战争的失败要负一定的责任。

他在自己房子后面的一块森林里开枪把自己打死了。为了保险起见，他用的是他父亲的老式猎枪。当守林人在一棵长疯了的野苹果树下发现他的尸体时，看到破碎的颅骨里露出一块闪闪发光的金属牌，上面刻着日期：23.11.1917。

缆车索道现在由别的公司建设和运营。但是艾格尔去找工作的每一个地方，都把他打发走了，他已经不再是合适人选了，这是他们的说法。战后短短几年的时间里，很多旧工作流程就已经被淘汰了。因此很遗憾，对于一个像他这样的人来说，在使用现代交通技术的世界里已经没有工作岗位了。

晚上，艾格尔坐在床边，观察着自己的双手。它们像沼泽地里的泥土一样，又黑又沉地搭在他的腿上。它们像动物的皮肤一样满是皱纹，在山崖和森林里的许多年留下了很多伤疤，每一个伤疤都能讲述一个不幸、一份努力或者是一场成功，如果艾格尔还能记起那些故事的话。

自从他徒手挖雪寻找玛丽的那个晚上起，他的指甲上就有很多裂纹，指甲边缘都长到了肉里。一只大拇指的指甲是黑色的，在中央有一个凹陷。艾格尔把他的双手举到脸前，观察着手背上的皮肤，有些地方看起来像是揉成一团的麻绳。他看着指尖上的老茧还有指关节骨头上的结节般的凸起。他手上的裂纹和沟壑里附着污垢，马刷和肥皂都洗不掉。

艾格尔看着他手背皮肤下血管的轮廓。当他把手举起来，对着窗户里暗淡的光看时，他看到他的手有些轻微发抖。

“真是一双老人的手了。”他想着，把双手垂了下来。

艾格尔用国家给返乡战士发的遣散费生活了一段时间。但是因为那笔钱刚刚够维持最基本的生活，他意识到自己不得不像年轻时那样去做各种可能的杂工。像那时候一样，他在地下室和干草堆里爬来爬去，用力抬起装满土豆的麻袋，在田地里劳累，或者是清理那些余留下来的牛棚猪圈里的粪便。

他还依然可以像年轻工友一样出力气，有几天他甚至把干草在背上堆成一个让人印象深刻的三米高的垛，然后脚步沉重地、慢慢地、摇摆着走下陡峭的牧场山坡。

只是每天晚上他倒到床上后都坚信，他再也不能只靠自己的力气从床上爬起来了。这时候他那只歪斜的腿的膝盖四周几乎已经麻木了。而每当他把头向一侧转过哪怕只有一厘米，他的脖子就会感到一阵刺痛，痛感像一条燃烧的细线，一直传到他的手指指尖，这迫使他只能平躺着，一动不动，一直等到他睡着。

一九五七年夏天的一个早上，艾格尔在日出前很久就从床上起来，走到野外去。疼痛让他从睡眠中醒来，而且在晚上清凉的空气里走动也让他感到舒服。

他走到一条羊肠小路上，那条路沿着属于村子的牧场草地，在月光下可以看见草地略呈弧形的边界。他绕过两块岩石，它们看起来像是在睡眠中的动物高高弓起的背。在登高几乎一小时后，穿过越来越难走的地形，他终于到了在克鲁福特尔山峰峰顶下的巨石阵。

这时候天已经亮了，远处白雪覆盖的山峰也开始像燃烧一样发着红光。艾格尔刚想坐下，用他的折叠刀切下皮革鞋底上撕挂着的一块皮子，这时候从一块岩石后面冒出来一个年老的男人，张开双臂向他走来。“我亲爱的，亲爱的先生！”他喊道，“您确实是一个真实的人，是吗？”

“我想应该是的。”艾格尔说着，看到第二个身影——一个年老的妇人从岩石后面踉跄着走出来。两个人看起来都很可怜，精疲力竭和寒冷让他们迷惘不堪，瑟瑟发抖。

正准备向艾格尔冲过来的老先生看到了他手里的刀，站住不动了。

“您应该并不想杀死我们吧？”他惶恐地问道。

“天上的主啊，请对我们仁慈。”他身后的妇人嘟哝着说。

艾格尔一言不发地把刀子收起来，看着两个老人的脸。他们正用瞪得大大的眼睛盯着他看。

“我亲爱的先生，”那个男人重复道，他的眼泪看起来好像马上就要流出来了，“我们整个晚上都在这里绕圈子，这儿除了石头什么都没有！”

“除了石头什么都没有！”老妇人附和着。

“这儿的石头比天上的星星还多！”

“天上的主啊，请对我们仁慈。”

“我们迷路了。”

“不管往哪里看，都只有黑暗的、冰冷的夜晚！”

“还有石头！”老人说道，这时候他真的流了几滴眼泪，泪水顺着他的脸颊和脖子往下流着。他的妻子恳切地看着艾格尔的眼睛。

“我丈夫都已经想躺下等死了。”

“我们叫罗什科维奇，”老人说，“我们已经结婚四十八年。那差不多是半个世纪了。所以我们知道，我们彼此有多少感情和爱，我们对彼此意味着什么。您明白吗，我的先生？”

“不是很明白，”艾格尔说，“而且我也不是什么先生，但是如果你们愿意，我现在就可以带你们下山。”

当他们到了村子里之后，罗什科维奇先生坚持拥抱了艾格尔，虽然他对此很是抗拒。

“谢谢！”他感动地说。

“是的，谢谢！”他的妻子重复道。

“谢谢！谢谢！”

“好了。”艾格尔说着，向后退了一步。

从克鲁福特尔山峰往下走的路上，他们两个人的恐慌和绝望很快就消散了。当第一缕阳光照到他们脸上时，好像连他们的疲倦也一下子被吹散了。艾格尔给他们演示了怎样啜饮山里草叶上的晨露来解渴。他们几乎一路上都像小孩子一样在艾格尔身后叽叽喳喳不停说着话。

“我们想问您，”罗什科维奇先生说，“您是否愿意带我们再去走几条路呢？对这块地区您就像对自己家的前院一样熟悉。”

“毕竟对我们来说，这样一次山区旅行不像散步那么简单！”他的妻子附和道。

“只要几天的时间。就简单地爬上山再下来就行。关于报酬您不用担心，我们不想以后人家背后议论我们什么。所以，您觉得怎么样呢？”

艾格尔想了想接下来几天的安排，还有一些柴火要砍，一块在大雨里下滑的土豆地要重新耕作。他想到手里要握着的犁柄时一阵战栗，即使他手上最硬的茧子都不能抵御它，几小时后手就会开始灼热地疼痛。

“好，”他说，“我看应该可以。”

整整一星期，艾格尔带着两位老人走过了越来越艰难的小路，带他们看了这一带的美丽景物。

这项工作让他感到快乐。在这一带山里走路对他来说很容易，山里的空气把他脑子里那些沮丧的想法也吹走了。而且对他来说很舒服的是，不用说多少话。一方面因为本来也没多少可说的，另一方面因为走在他身后的两个人已经累得上气不接下气了，很难再从他们喘息着的肺里挤出那些不必要的话。

一星期过后老夫妇热情万分地跟他道了别，罗什科维奇先生往艾格尔的上衣口袋里塞了几张纸币。当他们终于坐进汽车时，他和他妻子的眼睛都湿润了。他们朝着回家的方向，消失在清晨还有些雾气的马路上。

艾格尔喜欢这个新的工作。他自己做了一个招牌，写上他认为必不可少、同时又要在某种方式上足够有趣的信息，这样才能吸引游客对他的服务产生兴趣。他把牌子安置在村子广场上，紧挨着井边，等待着。

喜欢大山的人

找我就对了

我（几乎一生的经验，在大自然中）提供：

徒步远足，有无行李均可

郊游（半天或一整天）

徒手攀岩

山中漫步（年长人士、行动不便者和孩子）

一年四季的导游（只要天气适宜）

早起者可确保看到日出

确保看到日落（在山谷，山上太危险）

绝无危险——对身体和心灵！

（价格可议，保证不贵）

显然他的牌子给游客留下了好印象，因为从一开始他的生意就很好，艾格尔没有任何理由再去做原来的杂活了。像以前一样，天还没亮他就起床，只不过他现在不再去农田，而是去山上，登高，观看冉冉升起的太阳。在第一缕阳光的照射中，游客们的脸看起来好像在从里面燃烧一样，而且艾格尔看到，他们很高兴。

夏天时，他通常会带着游客走到附近几个山脊外很远的地方，而冬天他多数时间把旅程控制在较近、但是穿着宽大笨重的雪地鞋走下来也并不少费力气的范围内。

他总是走在最前面，眼睛留意着可能出现的危险，耳朵听着背后游客们的喘息声。他喜欢这些人，即使他们中的一些人会试图向他解释世界是什么样的，或者以别的方式做出愚蠢的行为。他知道，最晚，在两小时的登山途中，他们的傲慢就会和他们发热的脑袋上的汗水一起蒸发掉，直到什么都没有了，只剩下他们因为自己成功完成了行程而产生的感激和深入骨头的疲惫。

有时候他会路过他原来那块地。在他房子曾经站立的地方，这些年随着时间的流逝，碎石层层积累形成了一道类似壁垒的突起。夏天时，在石块之间会冒出醒目的白色罂粟花；冬天，孩子们穿着滑雪板经过那里时，会飞跃过去。艾格尔能看到，他们从山坡上快速冲下来，欢呼着跳跃升高，在空气中滑翔，然后灵巧落地，或是像彩色的线团一样在雪地上翻滚。

他想起那道门槛，他和玛丽那么多夜晚坐在上面。还有小栅栏门，栅栏门上只有一把简易的钩子做锁，是他把一根长长的钢钉敲弯做成的。雪崩后那圈栅栏就那样失踪了，像很多其他的东西一样，在雪融化后没有再出现。它们就那样不见了，好像从来没存在过似的。艾格尔感到，悲伤又在他的心里悄悄涌起。他意识到，在他和玛丽的生活里，本来有很多事情可以做，可能远远多于他能想象到的。

在他带队的旅途上，艾格尔大多数时候都是沉默的。“嘴巴开着的那个人，他的耳朵一定是关着的。”托马斯·马特尔以前一直说，艾格尔也认同这个观点。

他更喜欢听人们讲话，而不是自己说。那些气喘吁吁的不停对话，引领他进入到了陌生的命运和观点的秘密之中。显然人们想在山上寻找他们以为在很久前某一刻失去的什么。他从来没有搞清楚，到底是什么，不过这些年来他越来越明白，其实游客们跌跌撞撞跟随着的不是他，而是一种未知的、难以满足的向往。

有一次，在二十号山峰旁短暂休息时，一个因为心情激动而颤抖着的年轻男人拍着他的肩膀，对他喊道："难道您看不到这里的一切多漂亮吗！"

艾格尔看着那张因为极度欢喜而扭曲的脸说："我知道，但是马上就要下雨了，如果泥土开始往下滑的话，所有的美景就都没了。"

在艾格尔做登山向导的整个期间，只有一次，有一位游客差点丧命。

那是二十世纪六十年代末的某一年春季的一天，前一天晚上冬天又一次返回了山区。艾格尔想带着一小伙游客去走一条可以看到全景的路，那条路在新开的可以四人并坐的缆车索道上方。

他们经过豪伊斯勒山谷上的木桥时，一个胖胖的女人在滑湿的木板上滑了一跤，失去了平衡。艾格尔就在她的前面，他用眼睛的余光看到，她挥舞着胳膊，一只腿高高抬起，像是被一根隐形的绳子拴着拉向高处。

木桥下是二十米深的山谷。在他向她冲过去的时候，他看着她的脸好像被一种深深的敬畏攫住，向后仰得越来越深。当她背着地重重摔到桥上时，他听到木头发出“嚓嚓”的声音。在她下一刻就要从边界线的木梁上摔下深谷时，艾格尔用一只手抓住了她的脚踝。在他惊讶着手指下的肉异常柔软的同时，他用另一只手抓住了她的袖子，把她拉回到木桥上。她在木桥上静静地躺了一会儿，看起来好像在诧异中观察天上的云彩。

“刚刚差点儿就完了，是吧？”她说着，拉起艾格尔的手，把他的手放在她的脸颊上，对他微笑着。

艾格尔惶恐地点了点头。

她脸颊上的皮肤很湿润，他感觉到手心下有一阵难以察觉的颤抖，他觉得这个接触在某种方式上有点无礼。

他不由得想到童年时期的一次经历，那时候他大概十一岁，康茨施托克尔半夜把他从床上拖出来，让艾格尔在一头小牛的出生过程中给他帮忙。从几小时前开始，那头母牛就已经竭尽全力了，它不安地转着圈子，它的口鼻在墙上磨得都流血了。最终它发出了一声低沉的叫声，侧躺进秸秆堆里。在煤油灯摇曳的灯光下小艾格尔看到，它的眼睛旋转着，它身体的裂缝里流出了黏稠的液体。

当小牛犊的前腿露出来的时候，一直沉默地坐在一个小凳子上的康茨施托克尔站起来，把他的衣袖高高卷起来。但是小牛不再动了，母牛安静地躺在那儿。

忽然它抬起头，开始咆哮，它咆哮的声音让艾格尔的心里都打起了寒战。

“小牛死了！”康茨施托克尔说。然后他们一起把死去的小牛从它母亲的身体里拽了出来。

艾格尔拉着小牛的脖子，牛皮湿润柔软，有那么短短的一刻，他认为他感觉到了脉搏，在他的手指下仅仅跳动了一下的脉搏。他屏住呼吸，然后却没再发生什么。

康茨施托克尔把软绵绵的小牛背到了野外。外面天已经开始微微发亮，小艾格尔站在牛棚里，清洗着地板，用干草把母牛的皮毛擦干，心里想着那头生命只持续了一个心跳那么久的小牛犊。

那个胖胖的女人微笑着。“我想，我应该是没有受伤，”她说，“只有大腿上有点疼。现在我们两个可以一起瘸着腿走下山谷了。”

“不，”艾格尔说着，站了起来，“我自己走！每个人瘸着腿自己走自己的！”

玛丽去世后的日子里，艾格尔虽然不时把行动不灵便的女游客举起来渡过一条山林小溪，或者牵着她们的手把她们拉上一个滑溜的岩峰，但是除此以外，他没有长于一瞬间地碰过任何一个女人。一定程度上把自己的生活重新安顿好，对他来说已经够困难了，所以他无论如何也不想再失去这么多年才在他心里慢慢展开的平静。

其实他连玛丽都并不怎么了解，其他所有的女人对他来说更加是个谜了。他不知道，她们想要什么或者不想要什么；她们在他面前说的做的，多数时候让他迷惑、愤怒或者让他陷于一种内心的僵滞，从这种僵滞中他只能很慢地走出来。

有一次在金岩羚羊客栈，一个季节女工把她沉重、有着厨房味道的身体迎面挤向他，对着他的耳朵低声说了几句咸湿的话，这些话把他完全打乱了，以至于他连汤钱都没有付，就冲出了客栈。为了平静下来，他在冰冻的山坡上踱着沉重的步子走了半个晚上。

类似这样的时刻总是能扰乱他的灵魂，但是这样的时刻变得越来越少，直到最终再也没发生过了。他对此也没有不高兴。他拥有过一次爱情，又失去了它，从此以后他再也不会遇到可以与之相媲美的了，这对他来说是已经确定了的。与仍会一再汹涌在他身体里的情欲的斗争，是一场他打算一个人进行到底的战争。

然而，在二十世纪七十年代初，安德里亚斯·艾格尔还是又经历了一段“恋情”。至少在那个秋季里的短短几天，它挑战过他想一个人度过余生的渴望。

近期一段时间他注意到，他床头那堵墙后面的教室里气氛变了：孩子们惯常的喊叫更加大声。一直以来，每次课间休息的铃声响起，他们都是随着尽情释放的欢呼声奔跑着冲出教室，现在他们的奔跑好像完全不受任何拘束了。学生们这些最新获得的、喧闹的自信，显然是因为村子小学的老师退休了。

这位老师人生的绝大部分时间都是在对一代又一代村民孩子的教育中度过的。他教他们阅读和计算的基础知识，试图把这些知识种植到他们懒于思考、从不为未来着想的脑子里。在必要的时候，他会借助自己拧的牛尾鞭的帮助。

这位老教师在上完最后一节课后，打开窗户，把粉笔盒连同里面剩下的粉笔都倒进玫瑰花坛里，当天就离开了村子。这让村议会的成员惊慌失措，尤其是因为很难这么快找到一个接任者——他需要热衷于在成群的牧牛和滑雪游客间继续发展他的人生轨迹。

这个问题在安娜·霍勒尔的身上找到了解决方法，她是相邻山谷的早已经退休多年的老师，在沉默的感激中接受了这个暂时在学校授课的职位邀请。

安娜·霍勒尔与之前的老师对教育有着不同的理念，她相信孩子们内在的发展力量，把那根旧的牛尾鞭挂到了学校外面的墙上。它在墙上随着岁月风化，变成了野常春藤的爬墙助手。

然而，艾格尔并不觉得这种新的教育方式有什么了不起。一天早上，他爬起来，走到那边。

“抱歉，但是这实在太吵了。一个男人终究还是需要他的安静的。”

“看在老天的份上，您是谁呢？”

“我叫艾格尔，住在旁边。我的床大概就在这个位置，就在黑板后面。”

这位女老师向他走近一步。她至少比他矮一头半，但是有孩子们在她背后——他们坐在自己的座位上盯着艾格尔，她看起来很有威胁性，而且完全不准备做任何妥协。

艾格尔很想说点什么，可是他只是低头缄默地看着亚麻地毡。忽然他觉得自己站在那儿很傻：一个年老的男人，带着可笑的抱怨，连小孩子们都可以不加掩饰地惊讶地盯着他看。

“人们没办法选择邻居是谁，”女老师说，“但是有一点是确定的：您是一个粗俗的蠢人！忽然就冲进我的课堂，不请自来，没有梳头，没有刮胡子，甚至还穿着一条衬裤，或者您穿的那到底是个什么啊？”

“是一条睡裤，”艾格尔咕嘟着说，他已经十分后悔走到这儿来了，“不过已经缝了几个补丁。”

安娜·霍勒尔叹了一口气。“请您现在立即离开我的教室，”她说，“当您洗漱好，刮了胡子，穿戴整齐后，我不介意您再回来！”

艾格尔没有再回来。他学着容忍这噪音，或者有必要时，往耳朵里塞上苔藓，对他来说这件事就算解决了，可能也就这样持续下去了，如果不是在接下来的星期天他的门被用力敲了三下。安娜·霍勒尔的手里拿着一块蛋糕，站在外面。

“我想，我应该给您带些吃的来。”她说，“桌子在哪儿呢？”

艾格尔把他家里唯一能坐的地方让给了她，那是一个他自己做的挤牛奶时用的小木头凳子，蛋糕则被放在他的一个老储物箱上。出于对坏时光的隐秘的害怕，他在那个箱子里存放了一些罐头食品——哈克迈尔最精细的洋葱和肉——和一双温暖的鞋子。

“这样的蛋糕经常很干。”他说。

在他手捧着陶罐去村子广场上的水井打水的路上，他想着这个女人，她正坐在他的房间里，等着把蛋糕切开。他想，她应该和自己年龄差不多，但是，作为老师的多年工作明显让她很憔悴。她的脸上布满了微小的皱纹，在她深色的、紧紧扎成发髻的头发里闪现出一些雪白的头发。

有一刻他脑海里不由得浮现出一幅奇怪的画面：他不仅仅看到她坐在小凳子上等待着，他还想象着，仅仅因为她的存在，他自己居住了那么多年的房间开始改变了，变大了，还用一种并不是让他很舒服的方式在向各个方向打开着。

“所以，您一直在这里生活？”当他带着装满水的水罐回来时，那个女老师说。

“是的。”他说。

“毕竟人不管在哪里都可以幸福的。”她说。她有一双深棕色的眼睛和温暖友好的目光，然而艾格尔还是感到，被她看着很不自在。

他低头看向他手里的那块蛋糕，用食指把一粒葡萄干抠掉，让它悄悄地掉在地上。然后他们就开始吃蛋糕了，他必须承认，蛋糕很好吃，或许他想，这块蛋糕甚至比他最近几年吃过的所有的东西都更好吃，但是他最好还是不要讲出来。

后来艾格尔也说不清楚，整件事情是怎么发展起来的。那么自然地，就像女老师安娜·霍勒尔手里拿着蛋糕站到他门前一样，她也同样那么自然地进入了他的生活，并且在最短的时间内就占据了那个很明显她认为是她应得的空间。

艾格尔不清楚，这一切是怎么发生在他身上的。此外他并不想表现得不礼貌，所以他跟她一起散步，在阳光下坐在她旁边喝咖啡。咖啡是她用一直随身带着的保温瓶带来的，她说这咖啡比魔鬼灵魂的颜色还要黑。

安娜·霍勒尔一直会讲出这样的比喻，总的来说她几乎就是一刻不停地在说话，讲她上课的情况，讲那些孩子们，讲她的人生，讲那一个早就去了他该去的地方的男人。她从来、从来、从来都不该相信他。

有时候她说一些艾格尔听不懂的话。她会使用一些他从来没有听过的词，他暗自认为，那些词都是她自己瞎编的，因为她不认识本来正确的那些词。他让她讲话，他倾听着，不时点点头，有时说“是”或者“不是”，喝着咖啡，咖啡会让他的心跳加速，好像他要爬上凯默赫尔高山的北侧山坡似的。

有一天她说服了他乘坐“蓝色丽泽尔”到卡尔莱特纳山峰上去。在那儿能看到整个村子的全貌，她说，学校看起来就像是被人弄丢的一个小火柴盒。如果眯起眼来看，可以辨认出些彩色斑点，那是在村子井边的孩子们。

缆车车厢随着轻微的一抖出发了，艾格尔站到一扇窗子的旁边。他感觉到女老师紧紧跟在他后面，她的目光越过他的肩膀上方看向远方。他想到，他的上衣已经很多年没有洗过了。不过至少上星期他把裤子在清澈的泉水里浸了半小时，然后搭在一块向阳的石头上晾干了。

“您看到下面那里的那个塔柱吗？”他问道，“我们浇筑地基的时候，有一个人掉进去了。他前一天喝酒太多了，在中午的时候翻下去了，脸直接趴进了水泥里，躺在那儿就不再动了，像池塘里的一条死鱼一样。我们用了好一会儿，才把他弄出来，水泥已经不那么流质了，后来他挺了过来，只是从此瞎了一只眼，到底是因为水泥还是烧酒，很难说。”

到达山顶后，他们在平台上站了好一会儿，看着下面的山谷。艾格尔感觉，他好像必须用什么方式给女老师提供一些娱乐消遣，于是他给她指着村里的不同东西：被烧掉的牲口棚的残余；在萝卜地上匆匆建起来的度假公寓；那个巨大的、长满铁锈和紫红色金雀花的锅炉，战争结束后山地兵团就把它留在了教堂后面，从此就是给孩子们玩捉迷藏用的了。

每一次安娜·霍勒尔发现一些新东西的时候，都会哈哈一笑。有时候她的笑声会完全被风吞没，看上去好像她就是那么无声地、光彩夺目地笑着。

当他们傍晚时分又回到缆车山谷站的时候，他们还一起站了一会儿，看着缆车车厢又开始向山上出发。艾格尔不知道，他该说些什么，或者他到底是否应该开口说话，所以他宁愿闭着嘴不说话。楼房地下室的机电室里传出了发动机低沉的嗡嗡声。他感觉到女老师的目光投在他身上。“我想要您现在送我回家。”她说着，就开始走了。

她住在紧挨市政厅后面的一个小房间里，是村子为她在学校教学这段时间提供给她的。她在一个盘子上准备了洒好洋葱末的切片面包，外面的窗台上放了两瓶凉啤酒。艾格尔吃着面包，喝着啤酒，同时努力不去看她。“您是一个男人，”她说，“一个真正的男人，有真正的胃口，不是吗？”

“应该是的。”他说着，耸了耸肩。

外面慢慢暗下来了，她站起来，在屋子里走了几步。

在一个小小的配菜柜前她停了下来，站在那儿。艾格尔从后面看到，她低着头，好像她有什么东西在地板上找不到了。她的手指玩弄着裙子的折边，她的鞋跟上还沾着泥土和灰尘。房间里安静得可怕，好像那早已经从各个山谷里撤离的安静，就在这一瞬间，都聚集在这个小房间里了。

艾格尔清清嗓子，把酒瓶放下，观察着一滴酒沿着杯子慢慢地滑落下来，在桌布上摊开形成一个圆圆的、深色的斑点。安娜·霍勒尔站在配菜柜前，一动不动，目光也低垂着。她先抬起头，然后举起手。

"人在这个世界上经常都是孤独的。"她说。

然后她转过身来，点燃两支蜡烛，把它们摆到桌子上。她把窗帘拉上，把门闩推到门前。

"现在，来吧。"她说。

艾格尔还在呆呆地盯着桌布上的那个深色的斑点。"我曾经躺在过一个女人身边。"他说。

"没关系的，"女老师说，"我觉得没关系。"

一会儿后，艾格尔看着这个躺在他身边睡着的年老的女人。他们到床上以后，她把她的手放到了他的胸口，他的心脏在下面砰砰跳动的声音那么响，以至于他感觉整个房间都在动了。他们之间没有发生什么。他没能克服自己。他躺在那儿，一动不动地，像被钉牢似的，感觉到他胸上面的手越来越重，直到它落在他的肋骨之间。

他观察着她的身体。她侧躺着，头从枕头上滑了下来，她的头发打成细缕散在床单上。她的脸半转过去，看起来很消瘦，像没有肉似的。夜晚的光透过窗帘窄窄的缝隙落进房间里，好像陷在她的众多皱纹中。

艾格尔也睡着了，当他又醒来的时候，女老师蜷缩成一团躺在一边，他能听到她用枕头压抑着的啜泣的声音。他犹豫不决地在她身边躺了一阵儿，然后他明白，没什么他能做的了。他轻轻地起床，走了。

在同一年，村子里来了新的老师，一个有着娃娃脸的年轻男子，留着齐肩的、扎成一个小辫子的长发。他会在晚上织毛衣，或者用树根雕刻小小的、扭曲的耶稣受难像来打发时间。

旧时代里那种安静与纪律再也没有返回学校，艾格尔也逐渐习惯了他卧室墙后面的吵闹。

后来，他只见过一次安娜·霍勒尔。她拿着购物篮子走在村子的广场上。她走得很慢，迈着不自然的碎步子，低着头，好像陷入了沉思。当她发现艾格尔时，她举起手，像人们跟小孩子摆手时一样，挥动着手指向他打招呼示意。艾格尔快速地看向地上。后来他为自己在那一刻的胆怯而感到羞愧。

安娜·霍勒尔悄悄地离开了村子，就像她来的时候那样。在一个寒冷的早上，太阳还没升起来的时候，她带着两只箱子登上了邮车，坐到最后一排，闭上眼睛，据司机后来讲，她在整个行程中没睁开过眼睛，一次都没有。

那年秋天很早就开始下雪了，安娜·霍勒尔离开没几星期后，滑雪游客们已经在山谷缆车站前排很长的队了。一直到晚上很晚，村子里还到处可以听见滑雪板固定器的金属质感的咔嚓声，和滑雪鞋的嘎吱嘎吱声。

临近圣诞节前的一天，天气寒冷，阳光明媚，艾格尔带着几个比较年长的人在雪地散步后，正走在回家的路上。在街道另外一侧迎面走来了一伙神态激动的游客，后面跟着几个当地村民、一个乡村警察还有一群挤挤攘攘乱喊乱叫的孩子。

两个穿着滑雪衣的年轻男人把他们的滑雪板组装改造成了一个临时担架，抬着一个显然要用最大的小心谨慎才能搬运的东西。那两个男人用一种奇怪的敬畏对待那个东西，他们的敬畏让艾格尔想到了辅助弥撒男孩们的热忱，他们怀着那种热忱在星期天礼拜仪式上围着圣坛走来走去。他穿过街道，想去仔细看看那边的热闹，可是他看到的景象，让他的呼吸都停顿了：在那个临时担架上躺着的是羊角汉斯。

有一刻艾格尔认为他肯定是丧失了理智，但是毋庸置疑的，在他面前躺着的就是那个牧羊人，或者更确切地说，是牧羊人还剩余的部分。他的身体被冰冻得僵挺。就可以辨认出的部分而言：他少了一条腿，而另一条腿荒诞地扭曲着，伸出到担架外面；他的胳膊紧紧绕在胸前，两只手上挂着干枯的碎肉，几乎完全裸露着的手指骨头弯曲得像鸟的爪子；他的头深深向后仰着，好像有人用暴力把它拽到后面似的；冰把他的半张脸从骨头上撕了下来，露出了他的整副牙齿和蓝黑色的牙龇，看起来他好像在咧着嘴笑；虽然一双眼睑已经没了，但两只眼睛却丝毫未损，看上去像是瞪得大大地盯着天空。

艾格尔转过身去，走了几步，然后停下来。他感到恶心，耳朵里低沉地嗡嗡作响。他想跟那几个男人说些什么——可是又能说什么呢？他的脑子里飞舞着各种想法，可是他不能理解其中任何一种。当他再转过身去，他们早就已经走远了，远远地在街道的后面，他们抬着冰冷的尸体向教堂走去。乡村警察走在担架的一侧，另一侧是牧羊人的腿，像一段枯萎的树根一样突出在空气里。

几个爱冒险的滑雪远足的游客，在滑雪道上方的冰川裂缝里发现了羊角汉斯。他们用了几小时，才把他从永恒的冰块里凿出来。

裂缝的狭窄最大程度地挡住了鸟类和其他动物，冰把他的躯体贮存了几十年，只是少了一条腿。人们推测着：也许是在他滑到冰缝之前，那只腿被一只动物咬住了；或者是被一块岩石打掉了；再或者是为了逃脱，他在绝望的状态中自己把那条腿拽下来了。

这个谜无法解开，那条腿就是找不到了，身体上的残端也不会透露什么的，它仅仅就是一个残端，被一层薄薄的冰覆盖着，边缘上的肉散成一缕一缕的，正中心是蓝黑色的，像牧羊人牙龈的颜色一样。

死者被送进了教堂，好让每一个想和他道别的人都可以来跟他道别。但是除了几个游客来亲眼观察这个神秘的、在烛光中安放着的冰冻尸体，尽可能从所有的角度把它拍到照片上，没有其他任何人来。没有人认识羊角汉斯，也没有人记得他。因为天气预报报告了即将上升的气温，人们第二天就把他埋葬了。

这个意外的重逢让艾格尔很震惊，在羊角汉斯的失踪和他又重新出现之间几乎隔着艾格尔的整整一生。

在他内心的眼睛里他看到：那个透明的身影跳着大步子逐渐远离，消失在暴风雪的白色寂静里。他是怎么跑到几公里外的冰川上去的呢？他去那里找什么呢？他最后又遭遇了什么？艾格尔想到那条失踪的腿时就会打寒战，那条腿可能现在还卡在冰川的某个角落。或许过几年后它也会被找到，被激动的滑雪游客作为稀奇的战利品扛在肩上带下山谷。估计对羊角汉斯来说这一切都无所谓了，他现在不再躺在冰里，而是躺在泥土里，无论如何已经获得他的安宁了。

艾格尔想到他在俄罗斯的那段时间里遇到的无数死去的人。在俄罗斯的冰天雪地中的尸体上的各种狰狞、痛苦表情，是他一生中看到过的最可怕的事物。

与他们相反，羊角汉斯看起来是幸福的，以一种奇特的方式。在他的最后一小时里，他肯定是对着天空在笑的，艾格尔想着，他肯定是把那条腿作为抵押扔到了魔鬼的喉咙里。他喜欢这个假想，这个假想里有一些让他感到安慰的东西。

但是还有另外一个想法，让他沉思：冰冻着的牧羊人好像透过一扇时光的窗户看着他。羊角汉斯冲向天空的脸上的神态里，还蕴有一些简直似青春年少的感觉。那时候，当艾格尔在他的小木屋里发现病危的他，用木头背椅把他背下山谷的时候，他应该是四十多岁或者五十多岁。艾格尔如今已经七十大几岁了，他觉得自己一点儿都没有变年轻。山上的生活和工作留下了它们的痕迹。他身上的一切都弯曲、歪斜了。他的背形成了一道紧紧的弧线，努力向大地汇合，而他越来越经常地感到他的脊椎骨要比他的头还高了。虽然他还能稳固地站在山上，连秋天里强劲的下降风[1]都不能让他失去平衡。但是他像是一棵站在那儿的树木，树木的里面已经腐朽了。

1 又可称下坡风，一种在谷地形成的局部性下坡风。夜间山脊的地表空气比谷底空气冷却得更快，因此，较冷和密度较大的空气从高处流向谷底，形成下坡风。

第七章

他继续在一条条的雾气里走着，它们像是有生命的一样在他面前分散开来。他看到天空慢慢打开，他看到平滑的岩石，岩石上铺着一层余雪，好像是有人铺了白色的桌布在上面。

在他生命的最后几年，艾格尔不再做登山向导了，这方面的工作机会本来也越来越少了。他认为自己这一生已经辛苦操劳够了。另外，他也越来越不能忍受游客们的聒噪和他们像山上的天气一样一直变化的情绪。

有一次，他差点扇了一个年轻的城里人一耳光。那个年轻人出于纯粹的幸福感闭着眼睛站在一块岩石上打转，一直转到他摔到下面的碎石地上，艾格尔和游客队伍里的其他人不得不把他抬下山谷，他还一路上像个小孩子一样哭哭啼啼的。从那以后，艾格尔就结束了他的登山向导的职业生涯，退回到他自己的私人生活里。

村里的居民数量自战争以后增加到了原来的三倍，而村里客床的数目几乎翻了十倍，这促使村子在修建一个带室内泳池和疗养花园的度假中心的同时，也终于开始实施早就逾期的增扩学校建筑的计划。

在建筑工人们还没进军学校之前，艾格尔就搬出去了。他把他寥寥无几的家当打包好，搬到了位于村子后面出口上方几百米的一个牲口棚里，那个牲口棚已经被废弃几十年了。

牲口棚像山洞一样建在山坡的里面，这样的好处是，一整年的温度都不会有大幅度的变化。牲口棚的正面是用已经被风雨侵蚀的岩石块儿排砌起来的，艾格尔用苔藓和水泥把上面的洞填上。他把门上的裂缝密封好，用松焦油粉刷了木头，把合页上的铁锈刮掉。然后他把墙上的两块石头拆下来，装上一扇窗户，并给炭黑的炉子加上了一道管子，管子是他在布本山峰的缆车山谷站后面的一个废料堆里捡到的。

他在自己的新家里感到很舒适。在这儿的山上面有时候有一些孤单，但是他并不认为他的孤单是一个缺陷。他的生命里现在没有任何人了，但是他有他所需要的一切，这就够了。

从窗子望出去，可以看得很远，炉子很温暖，最多一个冬天，在日夜彻底供暖后，房子里刺鼻的山羊和牲畜的味道就会完全散去的。艾格尔尤其享受这里的安静。

在此期间已经充满整个山谷的喧闹，周末时会一波又一波地涌上山坡，这些喧闹的声音现在只能像轻微的感觉一样传到他这里了。

在几个夏天的夜晚，当乌云沉重地挂在山边、空气里都是雨水的气味时，他就躺在他的床垫上，倾听着动物在泥土里翻掘的嘈杂声；冬天的晚上，他就听着远处雪道推平机的低沉的轰隆声，那是在为第二天把滑雪道碾平做准备。他现在又经常想念玛丽了，想过去的事情，想本来可能发生的事情。但是这些都是短暂的、忽悠而过的念头，像风暴中从他窗边快速经过的乌云碎片一样。

因为身边没有可以说话的人，他便和自己或者他四周的东西说话。他说："你什么都干不了，你太钝了，我要在石头上磨磨你，然后我去下面村子里买一块上好的砂纸，再把你打磨一遍。我还要把你的手柄用皮革缠起来，这样拿在手里就舒服了，而且你看上去也会很好看，虽然这并不重要。你明白吗？"

或者他说："这样的天气里人会变得很阴郁，除了雾什么都看不到，连人的目光都要滑掉了，因为不知道要把目光放在哪里。再这样下去，雾肯定很快就钻到屋子里来了，桌子上面就会开始下很细很细的毛毛雨了。”

他还会说：“春天马上就要来了，飞鸟已经看见她了，骨头里也有些什么在动，雪下面很深的地方洋葱都已经爆开、开始长了。”

有时候艾格尔不由得笑他自己和他的想法。然后他就一个人坐在桌子前，透过窗子望向高山，云的影子在山上静静地飘过。然后他就开始笑了，一直笑到眼泪都流出来。

他每周下山去村子一次，去买火柴、粉刷涂料或者面包、洋葱和黄油。他早就听说，村子里面的人对他有一些他们自己的想法。当他买好东西，推着自己修造的雪橇——春天的时候他会往上面再配两个小橡胶轮子，往家走的时候，他用眼睛的余光能看到，有人在他身后把头伸在一起，开始窃窃私语。然后他转过身去，用他能表现出的最恶毒的眼光瞪他们一眼。但是实际上对他来说，村民们的想法和愤怒相当无所谓。

对他们来说，他只是一个住在地洞里、会自言自语、早上蹲在冰冷的山泉前洗漱的老人。但是对他自己来说，在某种意义上他也是有所成就的，因此他有一切理由对自己满意。

他做向导时挣的钱还够他不错地再生活一阵子，他头上有一块屋顶，睡在他自己的床上，当他坐在门前的小板凳上时，可以让目光漫游那么久，直到他的眼睛闭上，下巴向胸口倾斜。

和所有的人一样，在他的一生里，也曾怀有过自己的想象和梦想，其中的一些是他自己实现的，有一些是命运赠予给他的，很多是从来都无法实现的，或者是刚刚得到，就又被从手中掠夺走的。但是他一直还活着。

在冰雪开始融化的那几天里，早上他走过自己小屋子前被晨露湿润的草地，躺到疏疏落落散在草地的平石中的一块上面，背上感受着凉爽的石头，脸上洒着一束束温暖的阳光。每当这时候，他心里感到，很多事情根本没那么糟糕。

还是在这段时间，雪融化后的这段时间里，在清早的几小时里，大地雾气蒙蒙，动物刚从它们的洞穴里爬出来，这时候安德里亚斯·艾格尔遇到了那个“寒冷的女人”。

他在床垫上躺了几小时，辗转反侧难以入睡。后来他静静地躺在那儿，两只胳膊交叉在胸前，听着夜晚嘈杂的声音，不安的大风拂动在他的小房子四周，低沉地敲打碰撞着窗户。然后忽然一下子安静下来了。艾格尔点着一支蜡烛，看着房顶上摇摆的光影。然后他又把蜡烛吹灭，一动不动地躺了好一会儿，最终还是爬起来走到了外面。

世界好像沉浸在一片难以穿透的茫茫大雾里，还依然在夜里，但是这片白色的寂静后有个地方，清晨已经开始微微发亮了，黑暗中空气也像牛奶一样发着白光。

艾格尔沿着山坡向上走了几步，他几乎看不到自己眼前的手的轮廓，当他伸出双手时，它们看起来好像沉进了一片深不可测的水面里。他继续走着，小心翼翼地，一步一步地，向山上走了几百米。他听到从远处传来的一个声音，好像是被拉长的土拨鼠的叫声。

他站住，抬起目光，在一个雾洞里他看到了月亮，白色的，光秃秃的。忽然他感到脸上拂来一丝微风，下一个瞬间大风就又回来了，一阵一阵地，把雾撕碎，一片片驱散开。艾格尔听到了大风掠过高处的岩石时的哀嚎声，和他脚下的草儿的低语声。

他继续在一条条的雾气里走着，它们像是有生命的一样在他面前分散开来。他看到天空慢慢打开，他看到平滑的岩石，岩石上铺着一层余雪，好像是有人铺了白色的桌布在上面。然后他就看到了那个寒冷的女人，她在他上方大概三十米的山坡上横向走着，她的身体完全是白色的，以至于最开始他把她看成了一团雾气。然而他马上就辨认出了她的两只苍白的胳膊；她的围巾，有些磨损了的，绕在她的肩膀上；她的头发，像影子一样贴在她白色的身体上。

他背上起了一阵寒战，现在他一下子感觉到了寒冷，但不是因为寒凉的空气。这寒冷来自于他身体内部，在他心底深处。这寒冷是他心里的惊恐。

那个身影向窄细的巨石阵移动，虽然她走得很快，但是艾格尔看不到她的脚步，看上去她好像是被一个隐藏着的机械装置拉着向前移动。

他不敢动。他心里很惶恐，但是同时他又害怕他的声音或者是草率的动作会把这个身影吓跑。他看到大风吹进她的头发里，有一个短短的瞬间把头发从脖子上吹开。这时他全明白了。

“转过身来，”他说，“请你转过身来看看我！”

但是那个身影继续远离着，艾格尔只能看到她的后颈，上面一个浅红色的月牙形伤疤微微发着光。

“这么久你去哪儿了？”他喊道，“我有好多话要向你讲！你都不会相信，玛丽！这整整的、漫长的一生啊！”

她没有转身。她没有回答。只能听到风的声音，只能听到它吹过大地，把今年最后的一些余雪卷走的哀嚎和叹息声。

艾格尔一个人站在山上。他在那儿站了很久，一动不动，他周围黑夜的阴影又慢慢回来了。当他终于又开始动的时候，太阳已经从远处山脉的后面升起，光芒倾泻在山峰上，那么柔软、美丽。如果他不是太累太困惑了，一定会因为纯粹的幸福而笑起来。

那之后的几星期，艾格尔一次次地漫步走到他的房子上方布满岩石的山坡上。但是那个寒冷的女人，或者是玛丽，或者随便那个幻影是谁，再也没有在他面前出现过。渐渐地，那个幻影的画面也褪色了，直到完全消失。

本来艾格尔现在也很健忘。现在会发生这样的情况：他起床后要用一小时的时间寻找他的鞋子，被他前一天晚上挂到炉子的管子上以烘干的鞋子；或者他本来思考晚饭要做什么，结果就陷入到一种苦思冥想的梦幻中，这使他如此疲倦，以至于他经常坐在桌子边，两只手托着头，还没吃上一口饭就睡着了。

有时候他在睡觉前把他的小凳子搬到窗边去，向外望着，希望在夜晚的背景上会浮现出一些回忆，至少给他混乱的头脑中带来一点儿秩序。事情的发生时间和先后顺序越来越频繁地在他的记忆中变得混乱。那些事情相互跌撞在一起。在他内心的眼睛前，每当一幅画面好像快要组合起来时，它就马上又滑落了，或者是像润滑油滴在灼热的铁块上一样快速消融了。

在一个寒冷的冬天早上，几个滑雪游客看到他一丝不挂地走在他的小屋子前，光着脚在雪地里踏着步，试图寻找一个他前一天晚上为了冷却而放在外面的啤酒瓶子。

村子里的几个人认为年老的艾格尔已经完全疯了。

但这并没对他产生困扰。他知道自己越来越混乱，但是他没有疯。而且现在他已经基本不在意别人的看法了，更何况在短暂的寻找后，那个瓶子真的又出现了（就紧挨着流水槽旁边，瓶子在晚上被冻裂了，所以他可以像吮吸带着柄的冰糕一样去吮吸啤酒），他得意地认为，至少在这一天他的思考和行动能力得到了证实。

根据他的出生文件——虽然艾格尔认为这份文件连它上面的印章墨水都不值得，他已经七十九岁了。他从没想过自己能活这么久。

总的说来，他是能够满意的。他从自己的童年、战争、还有一场雪崩里活了下来。他从来都辛勤努力地工作，他的一生在岩石上凿钻过无数个洞，砍下了那么多棵树，估计那些树的木柴足够让一个小城市里所有的炉子烧一个冬天的火；他经常把自己的生命悬在天地之间的一根线上；在他人生的最后几年里做登山向导时，他接触了那么多人，尽管他对人依然并不了解。就他自己所知道的，他没有犯过大的错误，他也从来没有沉溺于世间的诱惑：酗酒、嫖娼或者暴饮暴食。他自己盖了一个房子，他曾经睡在无数的床上、牲口棚里和货车的装卸台上，有几个晚上甚至是在一个俄罗斯的木头箱子里。他曾经爱过，从中也了解到，爱可以通往哪里。他看到了几个男人在月球上漫步。他从来没有陷入不得不相信上帝的窘境，他也不害怕死亡。他想不起来，他是从哪儿来的，最终他也不知道，他将要去向何方。但是，这生来死去之间的时光，他的一生，他可以不含遗憾地去回看，用一个戛然而止的微笑，然后就只是巨大的惊讶。

安德里亚斯·艾格尔在二月的一个夜晚去世了。不像他自己一直想象的那样，在野外的某个地方，颈项上洒着阳光，或是额头上顶着星空，而是在他自己的家里，在桌子前。

他的蜡烛已经用完了，所以他坐在暗淡的月光里。月亮挂在他小小的四方形的窗户里，看上去像是一盏被灰尘和蜘蛛网昏暗了的灯泡。他想着接下来几天准备做的事情：买几支蜡烛，把窗框上漏风的缝隙密封好，在房子前挖一道齐膝深、至少三十厘米宽的沟，用来排走融化的雪水。

他非常确定，接下来的天气应该还不错。如果他的腿在前一天晚上给他安宁，那么大多数时候第二天的天气就比较稳定。想到他像腐朽的木头一样的腿时，他有一种亲切的感觉，它支撑着他在世界上走了那么久。同时，他已经不知道，他现在是在想，还是已经开始做梦了。他听到了一个嘈杂声，就在他耳边很近的地方，一声轻柔的耳语，好像有人在对一个小孩子说话一样。“确实已经晚了。”他听到自己说，有那么一会儿他自己说出的这几个字好像悬浮在他面前的空气里似的，然后它们就在窗中小小的月亮散发出的光线里爆开了。

他胸口里感到一阵刺痛，他看着自己的上身慢慢地向前沉下去，头倒在桌上，脸颊贴着桌面。他听着自己心脏的声音，然后仔细倾听着心脏停止跳动时的安静。他耐心地等着下一次心跳，当再也没有心跳来的时候，他就撒手放开了一切，然后死了。

三天后，来送村报的邮差，在敲打他的窗户时发现了他。艾格尔的尸体在冬天的气温下保持得很好，看起来他好像是在吃早饭时睡去了一样。

紧接着第二天就举行了葬礼。仪式很短暂。掘墓人把棺材降下来，放进事先用一台小挖掘机在冰冻的大地上挖好的墓穴，村里的牧师在严寒中挨着冻等着。

安德里亚斯·艾格尔被葬在他的妻子玛丽的旁边。在他的坟墓前竖着一块粗糙雕凿的、布满裂痕的石灰岩石块，夏天时，上面会长出白紫色的柳穿鱼。

在他去世前不到六个月的一天早上，艾格尔在一阵不安中醒来，这不安驱使他一睁开眼就爬下床，走到外面。

那是九月初，日光透过云层所照射到的地方，他能看到上班族的闪闪发光的汽车。不知道出于什么原因，那些人在旅游业中没有找到生计，于是不得不每天早上穿行在街道上，以便能够及时赶到在山谷另一侧的工作地点。艾格尔喜欢这道彩色的汽车链条，它们在短短的一段距离上轻捷灵敏地盘旋穿梭，直到在阴沉的光里失去轮廓，最终完全消失。

同时这景象又让他感到悲伤。他想到，除了跟着比特尔曼公司到附近缆车索道的工地工作，他只离开过山谷一次，就是去参加战争。他回想起来，他曾经乘着马车，坐在车夫的高凳上，沿着这条街道第一次来到山谷，那时候这条街还不过是一条布满了深深沟壑的土路。

在这一刻，他忽然感觉到了一种深刻的、燃烧般的向往，以至于他觉得心都快在这炙热中融化了。他没有再四处张望一次，就开始跑起来了。他用最快的速度，一拐一瘸、踉踉跄跄地跑下村子，来到紧挨在高耸的邮政宾馆旁边的公交车站。黄色的公交车五号线，所谓的山谷七号线，马达已经启动，随时准备出发。

“您要去哪里？”司机头也不抬地问。

艾格尔认识这个人，在他的手指还没有因为关节炎而变弯时，他在曾经是铁匠铺的滑雪工坊里当过几年滑雪板固定器装配工人，后来他被安顿在公交车公司。在他的手里，方向盘看起来像是玩具汽车的小轮胎一样。

“到终点站！”艾格尔说，“再远也去不了啊。”

他买了一张车票，在后面几排找了一个空位子，坐在村里几个面容疲倦的人中间。其中有一部分人他很面熟，他们或是没有足够的钱自己买一辆汽车，或是已经太老了，不能掌握新的技术。

车门关闭，公交车启动后，他的心像疯了似的跳动着。他向后躺坐在他的座位里，闭上眼睛，这样待了一会儿。

当他再坐直、睁开眼睛的时候，村子已经不见了。他看着路边闪过的景物：从庄稼地里冒出来的小型膳宿公寓，休息站点，加油站的招牌，广告牌；一家旅店，每一扇开着的窗子里都挂着床单；一道篱笆墙旁边站着一个女人，一只手叉在腰上，看不清她模糊在香烟云雾里的脸。艾格尔想试着思考些什么，但是快速流动的画面使他疲倦。在他就要睡着之前的短短一刻，他尝试着把那个驱使他走出山谷的向往重新召唤出来，但是已经什么都没有了。

有一刻他以为自己在心脏的位置又感到了一丝轻微的灼烧，但那只是他的幻想。当他又醒来时，他已经记不起来他想要做什么，以及他到底为什么坐在这辆公交车上。

他在终点站下车，在一片长满杂草的混凝土地面上走了几步，然后就停了下来。他不知道，他应该往哪个方向走。他位于的广场、长凳、低矮的车站楼房和他身后的房子，都不能向他透露什么。他迟疑着又走了一步，然后又停住了。

他冷得发抖。他仓促出发时忘记披上一件外衣，戴上一顶帽子，也没有把他的小房子锁起来。他就那样冲了出来，而现在他后悔了。远处不知道什么地方传来一阵杂乱的声音：一个小孩子的喊叫声，然后汽车门“砰”

的声音，以及逐渐加强又很快减轻的发动机的轰隆声。艾格尔现在抖得那么厉害，他很想能抓住些什么。他低头看着大地，不敢再动一下。

在他内心的眼睛里，他看到自己站在那儿，一个老人，没用地、迷惘地站在一块空荡的广场中间，他一生中从来没感到这么羞耻过。就在这一刻，他感到一只手搭到他肩膀上。他慢慢转过身来，公交车司机站在他面前。

“您到底是想去哪里啊？”司机问道。老艾格尔只是站在那儿，绝望地寻找着答案。

“我不知道。”他慢慢地一再摇着头说，“我就是不知道。”

返程时，艾格尔坐在同一个座位上，那个他离开山谷时给自己选的座位。司机把他扶上了公交车，把他护送到后面的座位上，没有问他要车票钱，甚至根本没再说一句话。虽然这次艾格尔没有睡着，但这段行程在他看来却好像变短了。他感觉好一些了，心脏也平静一些了，当公交车第一次驶进大山的蓝色阴影中时，颤抖也消失了。他向窗外看去，不清楚自己该想些什么或者感受到些什么。他这么久没有离开过家，以至于他忘了，回家的感觉是什么样的。

在村子的公交车站，他点头和司机道别。本来他想尽快回到家里，但是当他走过最后几幢房子，还只需爬上一段像楼梯似的斜坡就能回到他的小房子时，他遵循着忽然涌起的情绪，拐到左边一条少有人走的山间小路上。

那条路绕过一个没有名字的、苔藓一样鲜绿的池塘，蜿蜒盘旋着一直通到鸣钟人山峰。他沿着路边的一排铁丝篱笆走了好一会儿，那些铁篱笆是为了保护村子免受雪崩灾害而修建的。然后他攀爬穿过一道狭长的岩石裂隙，那儿有深深打进岩石的铁杆作保护设施。最终，他走过笼罩在盆地阴影里的草原。青草闪着湿润的光泽，泥土里升起腐烂的味道。

艾格尔快速走着，走路对他来说很容易。他忘记了疲惫，也几乎感觉不到寒冷。他感觉到，随着每一步，刚刚在那块陌生的广场上忽然擒住他的孤单和绝望，都被他一点点地扔在了后面。他听到血液在耳朵里流动的声音，感到凉爽的风把他额头上的汗水吹干。

当他到达盆地的最深处时，他注意到空气中一丝难以察觉的运动。一片白色的小东西，紧挨在他的眼前舞动着，紧接着又是一个。下一刻，空气里就充满了无数微小的云片，它们悬浮着慢慢飘向地面。

艾格尔一开始想，那应该是被风从不知道什么地方吹来的花朵。但现在已经是九月底了，这个时间早已经没有任何植物开花了，更不要说在这高山上。这时候他才认出来，下雪了。越来越浓密的雪花从天空中飘下来，落在岩石上，落在深浓饱满的绿色草地上。

艾格尔继续往前走，他小心翼翼地注意着他的脚步，防止滑倒。每走几米他就用手背擦拭一下睫毛和眼眉，把雪花擦走。与此同时，一个回忆在他心里升起来，一个短短的念头，关于过去很久以前的事情，仅仅像是一幅混杂的画面。

“还没有到这一步呢。”他轻声说。

冬天降临到了山谷。

图书在版编目（CIP）数据

大雪将至 / （奥）罗伯特·泽塔勒著 ; 刘秋叶译
. — 海口 : 南海出版公司, 2018.6（2025.10重印）
ISBN 978-7-5442-5819-7

Ⅰ. ①大… Ⅱ. ①罗… ②刘… Ⅲ. ①长篇小说－奥地利－现代 Ⅳ. ① I512.45

中国版本图书馆 CIP 数据核字（2017）第 211930 号

著作权合同登记号 图字：30-2017-122

Title of the original German edition:
Author: Robert Seethaler
Title: Ein ganzes Leben

Chinese language edition arranged through HERCULES Business & Culture GmbH, Germany

大雪将至
〔奥地利〕罗伯特·泽塔勒 著
刘秋叶 译

出　　版 南海出版公司 （0898）66568511
　　　　 海口市海秀中路 51 号星华大厦五楼 邮编 570206
发　　行 新经典发行有限公司
　　　　 电话（010）68423599 邮箱 editor@readinglife.com
经　　销 新华书店

责任编辑 侯明明
特邀编辑 王 鑫
装帧设计 ABOOK 壹书工作室

印　　刷 北京中科印刷有限公司
开　　本 850 毫米 ×1168 毫米 1/32
印　　张 5.75
字　　数 85千
版　　次 2018 年 6 月第 1 版
印　　次 2025 年 10 月第 18 次印刷
书　　号 ISBN 978-7-5442-5819-7
定　　价 39.00元